铜草花

——宋茂荣散文精选集

宋茂荣 著

图书在版编目（CIP）数据

铜草花：宋茂荣散文精选集 / 宋茂荣著. -- 北京：中国文联出版社，2018.8（2023.3 重印）

ISBN 978-7-5190-3840-3

Ⅰ.①铜… Ⅱ.①宋… Ⅲ.①散文集—中国—当代 Ⅳ.①I267

中国版本图书馆 CIP 数据核字（2018）第 183186 号

著　　者　宋茂荣
责任编辑　周小丽
责任校对　赵海霞
装帧设计　晓　攀

出版发行　中国文联出版社有限公司
地　　址　北京市朝阳区农展馆南里 10 号　　邮编　100125
电　　话　010-85923025（发行部）　　85923091（总编室）
经　　销　全国新华书店等
印　　刷　三河市华东印刷有限公司

开　　本　710 毫米×1000 毫米　1/16
印　　张　16.75
字　　数　197 千字
版　　次　2023 年 3 月第 1 版第 2 次印刷
定　　价　85.00 元

作者在家乡“铜岭铜矿遗址”留影

作者与家乡非遗文化传承人剪纸大师朱朴光先生在一起

我读“一个花甲农民的文学梦”

柯德才

一个偶然的机会，读到宋茂荣先生著的文章，深为这位朴实的农民业余作者的精神所感动。

宋茂荣先生出身于特殊家庭，社会关系复杂，由于当时极左政策的影响，才读完小学就失去了读书的机会，经历了人生的莫大打击和不尽坎坷。在那特定的政治环境中，在那风来雨去的艰苦年头，宋先生没有自甘堕落，自暴自弃，胸怀美好的理想，乐观地面对人生。他热爱写作的初衷一直未改，一边从事繁重的体力劳动，一边笔耕不辍。他凭着这样一份信念、一份执着，写出了一篇篇饱含生活情趣的文章，写出了一首首充满真实情感的诗作。

这次宋先生将他的散文选集和诗歌选赠我，嘱我为其写几句话，本人学识浅薄，但先生那勤奋不息的精神令我赞叹，那一片诚挚之情岂能拒绝?

拜读宋先生的作品，受益不少。

宋先生写作的题材是很广泛的，内容是很丰富的。就地取材，信手拈来，不去刻意写什么大题目、花哨文章，写的是故乡的山、故乡的水，身边的人、身边的事。无论是对故乡山水的描写，还是

对身边人与事的记述，自然亲切，真实可信，如《我的爷爷》《母亲》《重阳爹》《大舅婆》等写人的文章，展现出人物的一种朴素美，字里行间寄托了作者对这些人物的热爱和深情。人物的喜怒哀乐、音容笑貌，无不有一种感染人的力量。《母亲》《堂婶》等文章写得情深意浓，催人泪下。记事的文章，如《生活的琐事》《我的小学生涯》《看海》《跟随勘探队的一天》，叙事简洁，脉络清晰，反映了真实的社会生活，留下了作者所处时代的不灭印记，或令人慨叹，或令人回味，使读者随着作者的笔触，游山看水，睹物思人，思绪万千，心潮起伏，特别是写山写水的文章，使我这个从小在农村长大的人，仿佛又看到了家乡的一草一木，看到了父老乡亲的一笑一颦，闻到了家乡的柴火味，听到了永贴耳膜的乡音，有一种浓浓的乡情味，腻腻的亲情味。

本书关于当地的人文景致、风俗民情、神话传说、民俗由来类的文章，也占了相当的篇幅。如《犀牛岭的传说》《花园墩的由来》《望夫山的传说》《仙姑台山的故事》等，寄托了作者对美好事物的向往，对一种神话生活的认可。作者有意无意地为家乡的文化传递、地方的非遗文化传承和发展做出了可喜的贡献！

宋先生的文章从生活的不同角度，真实地记录了农村社会生活发展各个片段、各个层面，再现了作者生活的那个特殊时代的生活特质。它是中国广大农村真实生活的缩影，这类文章就不一一举例了，倘若将来有人能写村志、乡志的话，这里很多文章值得借鉴。

文章语言朴素，风格平和，体现了一个农民的朴素本色。读他的作品，有一种冬日围坐在火炉前听他促膝谈心的感觉，没有为博得彩头而充满五颜六色的词语；没有玩弄玄虚、故作高深的花腔，

作者 2014 年接受九江市《浔阳晚报》采访

一五一十，娓娓道来，像小溪轻流，像清风拂过，给人一种非常朴实、舒畅的感觉。读到情趣处，你不禁会心一笑，似曾相识或一见如故，这种感觉的产生，得益于作者对农村生活的熟悉，更得益于作者对农村乡土语言的娴熟运用。

身边的人、身边的事，所以写得得心应手，挥洒自如，没有读不过去的语言疙瘩，没有令人不知所云的故作高深。作者的这些文章，很能引起我这个农村人的共鸣。我把它当作农村的历史来读，当作自己曾经经历过的故事来读，读了前面的还想读后面的，有些文章读了一遍还想读第二遍。

宋先生的诗也是很流畅，像流水下滩，像轻风拂柳，像白云出岫。

宋先生的文章真是值得一读，有幸能读到宋先生的文章——一个农民写的文章，更使我相信古人的话，“五步之内，必有芳草”，

用现在的话来说，就是“高手在民间”，但愿宋先生的文章愈写愈好，宋先生的名字愈扬愈响，宋先生的作品愈传愈火。我有理由相信，宋先生的晚年是充实的、幸福的，因为他是一个有追求的人，有生活趣味的人，有文章相伴的人。这样的丰富人生，能不快乐，能不幸福吗。

目　录

母　亲

记得小时候，母亲曾经告诉我，她是在城里出生的，当年我的外公在湖北一座临江的县城开米行，算得上是一个不愁吃、不愁穿的殷实人家。可是天有不测风云，就在外公将生意做得红红火火的时候，日本鬼子占领了中国，不久鬼子的飞机轰炸了外公的米行，外公的米行倒闭了，一家人没有着落，无奈之下，外公一咬牙，将母亲送了人家做童养媳。

爷爷当年曾有几亩好田，日子还算说得过去，可是一场突如其来的变故，改变了一家人安逸的生活。爷爷的突然离世，让一家人的生活乱了阵脚。为了维持一家人的生计，包了小脚的奶奶只有忍痛，让还未成年的父亲带着是童养媳的母亲挑起了家庭重担，也许天下的童养媳都只有活该受罪的命。尽管身体瘦弱的母亲起早贪黑地跟在父亲后面，风里雨里、泥里水里地拼命干活，可是她也很难讨得奶奶的欢喜，从来不给她好脸色看，打发她的只是一些残汤剩饭。直到20世纪50年代，父亲和母亲成了亲，并前后生下我和大弟、大妹后，奶奶对母亲的态度才有所改变。

从小没有享受过关爱的母亲，自生下我们后，似乎让她看到了很大的希望。她将所有的母爱倾注在我们身上。记得在那些填不饱肚子的日子里，母亲总是宁愿自己饿着，也让我们兄

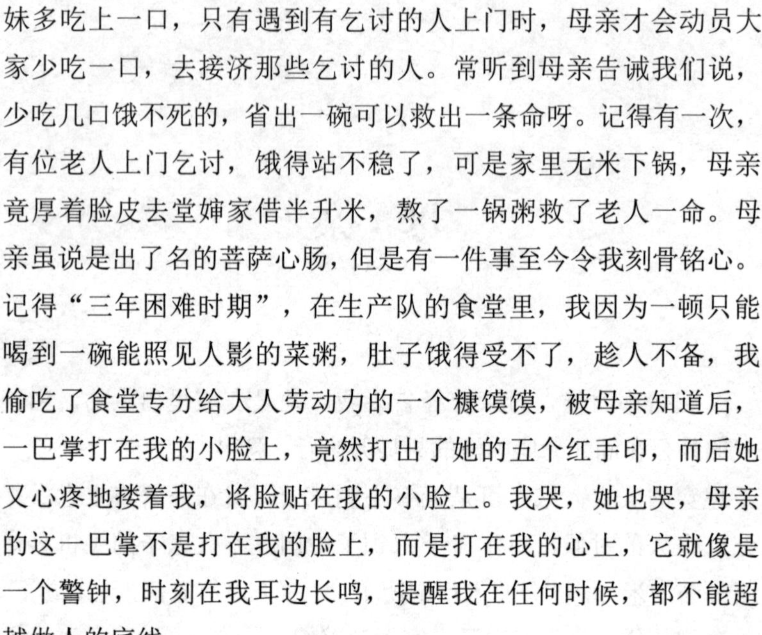

妹多吃上一口，只有遇到有乞讨的人上门时，母亲才会动员大家少吃一口，去接济那些乞讨的人。常听到母亲告诫我们说，少吃几口饿不死的，省出一碗可以救出一条命呀。记得有一次，有位老人上门乞讨，饿得站不稳了，可是家里无米下锅，母亲竟厚着脸皮去堂婶家借半升米，熬了一锅粥救了老人一命。母亲虽说是出了名的菩萨心肠，但是有一件事至今令我刻骨铭心。记得“三年困难时期”，在生产队的食堂里，我因为一顿只能喝到一碗能照见人影的菜粥，肚子饿得受不了，趁人不备，我偷吃了食堂专分给大人劳动力的一个糠馍馍，被母亲知道后，一巴掌打在我的小脸上，竟然打出了她的五个红手印，而后她又心疼地搂着我，将脸贴在我的小脸上。我哭，她也哭，母亲的这一巴掌不是打在我的脸上，而是打在我的心上，它就像是一个警钟，时刻在我耳边长鸣，提醒我在任何时候，都不能超越做人的底线。

20 世纪 60 年代后，母亲又先后生下了二弟、二妹和小妹，就在这时候，父亲与奶奶、叔叔分了家，因此我们这个拥有八口人的大家庭，只有父母两个劳动力，母亲除了每日按时出工外，一大家子的家务全靠母亲一人操持。由于奶奶身体不好，可怜的母亲在月子里拖着虚弱的身子，自己去溪边清洗。从那时候开始，我家成了远近闻名的特困户。记得每到冬天来临的时候，每人只有一件露着棉花头的破空心棉袄、一条打满补丁的破单裤、露着脚趾的破单鞋，从来都没有袜子穿，我们全家都是这样打发那个可怕的冬天。晚上点灯买不起煤油，父亲只好砍来些松明子点着照明，没有盐母亲就用辣椒替代。屋漏偏遭连夜雨，记得那一年，临近春节，全家人唯一的指望，就是当年养的一头估计能卖 40 元钱的黑毛猪，竟在一天夜里被人偷走了。父亲急得用拳头捶打着胸口，母亲哭干了眼泪，我们兄妹围着灶台哭成一团，最后还是母亲擦干了眼泪，为我们做了一顿没有猪肉的年夜饭。

母亲是一个从来都不记恨的人，做童养媳的时候，奶奶不把她当人看待，后来当奶奶晚年瘫病在床的三年里，母亲却是精心伺候，毫无怨言，母亲经常告诫我们说“做人要修心积德，善待他人，好心自有好报”。也许真是这样，母亲的善心，换来了我们兄妹一个个的健康成长，在那缺医少药的年代，这种现象是不多见的。

到了20世纪八九十年代，随着改革开放政策的深入落实，人们的生活有了翻天覆地的变化，我们兄妹一个个长大成人、成家立业，特别是二妹师范学校毕业后，还当上了人民教师，大家的生活就像芝麻开花节节高。可就在这时候，一辈子劳累成疾的母亲却突然一病不起。记得在她临走的那天晚上，我们一起跪在母亲床前哭成了泪人。母亲用慈祥的目光，一动不动地注视着我们。我把母亲紧紧地抱在怀里，用我滚烫的胸口贴紧母亲冰凉瘦弱的身体。母亲啊，您将一生的温暖都给了我们，在您将要离开这个世界的时候，我们也给您一点温暖啊！母亲走了，但她那一生吃苦耐劳、诚实守信、善待他人的做人准则，将永远留在我们的心中，她的高尚品德我们要一代代传承下去。

我的小学生涯

记得那年刚过完春节，母亲就告诉我说，我该是吃九岁的饭了。一天傍晚，父亲把我叫到跟前对我说："春芽，听说村庄上要办学堂，请先生来学堂教书，你们兄妹多，父亲没能耐供你读到有出息，但总得要学会写自己的名字，记个小账什么的。我和你娘合计过，你是老大，决定给你去报个名。"父亲这个突如其来的决定，美得让我差点笑出了声，也就是说，从此我不必天天被俺娘赶着去山上拾柴火，跟着去垦荒的父亲背后拖一只竹筐捡那没完没了的石子，苦日子终于熬出了头。

这天晚上，母亲借着煤油灯，特地为我缝起了书包，说是书包，就是从穿烂了的裤子上剪两块稍好一点的裤片片缝在一起。上头缝一根长带子，这就是我的书包。书包缝好后，母亲让我试了试，我乐得爱不释手。那一夜，我把它看作宝贝，压在枕头下，害怕给弄丢了。

听大人说，先生是戴着眼镜，经常穿一件长衫的。有一肚子的学问，但是很凶，谁要是不认真听讲，就得罚站罚跪。先生手边还有一根长长的竹尺，要是哪个学生调皮捣蛋，先生就用竹尺打谁的手心。

学校的校址选在离村庄不远的高坡上，用现在的话说，那就得动员村庄上的人集资建校，在 20 世纪五六十年代那阵子，谁家也拿不出钱来，但山里人有的是力气，他们在农田里切了好些土砖，大伙一鼓作气，担砖的担砖，砌墙的砌墙，从山上砍来些木料，没有瓦，他们便割来很多茅草，厚厚地铺在上面，就这样没花一分钱，一所茅屋学堂便盖起来了。有了学堂就得急着聘请先生，在当时师资极为缺乏的时候，谁又愿意光顾这所茅屋学堂呢，半个月一晃就过去了，聘请先生的事一直没有着落，后来村上有人壮着胆子，找来了一个在中华人民共和国成立前教过书的先生。这位先生过去虽有些历史问题，但是有一肚子学问。先生手脚有些残废，他只需大家凑点口粮，工资能抵上生产队的劳动日钱就可以了。

茅屋学堂终于迎来了开学的一天。记得那天早饭，母亲特为我做了顿好吃的，而我无心享用，草草吃完，高兴地背上母亲为我缝做的书包，跟着挑着桌子的父亲去面见先生。茅屋学堂不大不小，能摆十几张桌子。我没有看见戴眼镜、穿长衫的先生，只看见一个满脸胡茬，身着打满补丁的旧棉袄和旧单裤，穿一双大布鞋，没穿袜子的人。他是谁？看上去，他跟我们村上的庄稼人没有两样，甚至有些像叫花子。他就是我们村庄上请来的教书先生。当我见到这位先生后，心里真有一种说不出的失落感。

大伙七手八脚地忙了好大一阵子，先生干咳了几声，站到自制的黑板面前，手里晃动着一个小铃铛，大声招呼着："请同学们静一静，现在开始上课，从今天开始，我是你们的先生，教同学们写字认字。现在国家急需有文化的人才，希望大家要认真听讲，好好学习，一定要遵守课堂纪律。同学们听清楚了没有？"小伙伴们参差不齐地应承着。

先生给我们上课，基本上是照着新书上的，但他总喜欢夹杂一些老古板，《弟子规》《三字经》之类。人之初，性本善，每当下课的时候，我们就像哼山歌一样哼个没完没了。就像大人们所说，先生确实有一肚子学问，讲起书来，滴水不漏，耐人寻味，并且能写一手非常漂亮的字。先生吩咐我们从小河边捡来些红色的砚沙石，放到砚池里碾磨后，我们管它叫红砚珠。先生用毛笔写好字后，我们就用红砚珠照着先生的笔迹描。

先生的讲桌旁边备有一根长竹条，先生还为它起了一个好听的名字："李逵"，他说这是水浒一百零八将的黑脸虎将。先生说，谁要是调皮捣蛋，就请李逵下山，用竹板打手心。我们怕挨打再也不敢三心二意了。常言道，屋漏偏逢连阴雨，开学后不久，老天爷似乎欺负我们的茅屋学堂，三天便是两天雨。这下可好，外面下大雨，屋里是小雨，而先生毫无怨言。他告诉我们说，这就是眼下的困难，我们一定要想办法克服困难，他召唤我们从家里带来些大盆小盆接漏。

先生不但衣着朴素，而且吃饭也非常节俭，每日三餐，一顿一碗米饭，肚子不饱，连米汤都喝下充饥，炒一碗辣椒，要打发一两天。每当饭后，先生总是喜欢抽空翻开砖块厚的书。"草长莺飞二月天，拂堤杨柳醉春烟，儿童散学归来早，忙趁东风放纸鸢。"先生在似念似唱时还不停地摇头晃脑。要是下雨天，那可就更热闹了，雨滴落在盆子里发出的叮当声，伴随着先生的唱腔，那真是像台上在演戏。正当先生如痴如醉吟到兴头的时候，台下捣蛋鬼二愣子学着先生的样子一走一瘸地摇头晃脑地做着怪相，不料被先生发现，只见他脸涨得通红。"李逵"下山了，二愣子一看不好撒腿就跑，只见先生边追边嚷："非礼也。"也许是先生追得太急，不小心脚下一滑，"扑通"一声，只见先生倒在地上。他挣扎了几下，再也爬不起来了，我和小伙伴们都吓傻了。过了好一会儿，我壮着胆子，拉来二愣子，一同将先生扶起来，我瞧见先生眼睛有些发红，但他没向谁发脾气，只是很长一段时间没有听到先生再唱了，身边的“李逵”也被他打发走了。

一晃两年过去了，下学期我们将要转到离村庄很远的公立学校去读书。记得快要放假的时候，先生给大家出了一道作文题：“我的未来理想”。当时大家都不外乎当兵呀，当工人之类。我在作文中是这样写的：“我的父亲不识字，母亲也不识字，我们村庄上的人都不识字，等我长大后，我一定要做一个教书先生，去教村庄上的人读书认字。”先生看了我的作文，让我念给大家听。我学着先生的架势，装模作样地念完后，觉得非常开心和自豪。也许是先生的教学有方，转到公立学校后，我一直是班上的模范生。1966 年当我小学毕业时，由于家庭出身有些问题，我被取消了读书资格，被迫辍学，成了农民，不是先生。后来听说先生在“文革”期间，由于受不了造反派的折磨而寻了短见。听到这样的消息，我伤心得流下了眼泪。时间过得真快，不知不觉，我已迈进了花甲之年，童年的理想已经注定成了一纸空文，这也将是我的终身遗憾。要是有下辈子的话，我一定要做一名教书先生，站在三尺讲台上，教学生读书写字。

我的家乡蝴蝶冲

我的家乡“北山下”，这其实是村庄上一个被叫开的外号，一些知根知底的老人都知道，村庄的真名叫蝴蝶冲，但是俺村庄坐落在一座大北山脚下，因此“北山下”就这样顺口溜一样被叫开了，时间一长，外号竟取代了真名。

蝴蝶冲也并非随便叫来的，村庄上有杨姓、宋姓、刘姓三个姓氏村民，百来户人家聚居在一个长长的山冲里，从湖北雁落湖延伸过来的长北山脚下，十八座圆头大山一字排开。这里曾流传着一个古老的神话故事，十八座大山，号称十八位罗汉，每座罗汉山旁边都有一座长长的马鞍山，相传那是每位罗汉的坐骑，他们从湖北阳新出发，一路赶往瑞昌码头去执行公务。我们的村庄便趁罗汉不备，一头钻进了两位罗汉的队伍中间，这样村庄前面左右两座圆头大山，东罗汉山和西罗汉山便形成了蝴蝶的前片翅膀，后面左右两座长长的马鞍山便是蝴蝶的后片翅膀。长长的山冲那是蝴蝶的身子，远远望去，一只腾飞的蝴蝶朝着长北山翩翩起舞，那真是太神了。

听村上的长辈说，我们的祖先是在明朝永乐年间，从邻县德安迁移到这里来发展的。有人曾提出过质疑，大老远的来到这里，干吗选上了这样一个山沟沟呢？当然我们的祖先，并不比我们的眼力差。村庄四面环山，在那兵荒马乱的年代，安全才是最重要的。这里山高林密，为生活的柴火提供了方便，特别是那一口清冽的好泉水，冬暖夏凉。那用青石条围砌成的老古井，一年四季直往上冒水泡，从古井流向小溪的泉水源源不断，不但为大伙洗衣洗菜提供了方便，而且让全村的百亩农田旱年保收。我们的祖先用蝴蝶给古井命名“蝴蝶泉”，听说古典上都有记载。

我们的蝴蝶冲四面环山，满山有采不完的石头，我们的祖先便想到了利用石料资源养家糊口，因此我们这里变成了远近闻名的石匠村。他们农忙开荒种粮，农闲便从事石料加工维持生计，几乎人人会石匠活。在大北山半山腰，大至半亩、少则一个晒筐斗笠都能盖上的地块，都被青石块砌成了地边坝，在今天那真算得上奇迹。

在村口的溪水上，有一座我们的祖先留给他的后人，同样用蝴蝶命名的石拱桥，桥身虽然历经漫长的风吹雨打，至今却

我的家乡蝴蝶冲

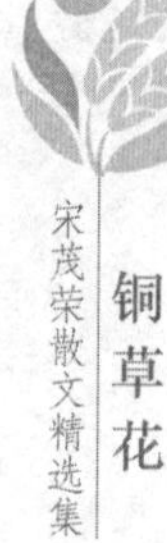

仍然完好无损，它见证了我们祖先的智慧和精湛的技艺。记得小时候，当那些老石匠师傅手推木轮车、拉那些加工好了的石料通过石拱桥时，掌舵的大师傅便高声吆喝“桥上从容”，徒弟伙计们便齐声附和“桥上从容”，这一声吆喝，不但提醒大家注意安全，而且能让大伙振作精神、一鼓作气顺利过桥，真是一举两得。记得小时候，每当看见木轮车过桥时，我总是喜欢守在桥边，听老石匠喊号子。

我们的村子不但石头多，而且当年古树也非常多，村前屋后，几个人合抱的香樟树处处可见。记得村边曾有一棵歪斜的驼背树，每当雨过天晴，树上便留下了总也采不完的黑木耳，在驼背树上，是我们这些小伙伴们嬉戏的好地方，有时候我们玩金鸡独立，有时候玩猴子捞月，要是被大人看见了，少不了一顿臭骂。

我的家乡蝴蝶冲，虽然四面环山，可是井里青蛙井里好。记得在“大跃进”的年代，政府曾下令，让我们全村迁移到邻村大坂上去居住，他们计划在蝴蝶冲建设一个大型水库。可是大家舍不得，其中有人便使出了鬼点子，谎称蝴蝶泉有漏洞，蓄不了水。你还真别小看这一招，果然奏效，让蝴蝶冲躲过了这一劫。

我的家乡蝴蝶冲，尽管处在一个山沟沟里，但是历朝历代人才辈出，听说在明末年间，还曾出过武举人，就是在改革开放的今天，读书人比比皆是。记得当年刘家三兄弟，借路费去浙江温州打工，经过他们一路打拼，如今他们在温州、上海、广东都有自己的公司和产业，资产过亿。

我一辈子从未出过远门，在家乡这个小小的天地里，我度过了从童年到老年的漫长岁月，蝴蝶冲留给我的是深厚的感情和太多太多的回忆。

随着时间的推移，今天人们突然一窝蜂地涌向了城市，往日喧闹的蝴蝶冲一下子显得冷清起来。在夜深人静的夜晚，我，一位年过花甲的老村民，站在自己再熟悉不过的村头，望着那些人去屋空和年久失修的残墙断壁，心里真有一种说不出的苦楚。这里曾经是我和小伙伴们一起嬉戏的乐园，这里有我与父母兄弟姐妹相依为命的家园，今天眼前的一切，让我伤心失落，老泪纵横。

最近有消息说："大北山有人来开山炸石搞开发"，又有人说："村庄上的有钱人，想回自己的家乡搞生态开发，打造乡村民居和农家乐山庄之类"，我想后者比前者更具远见。现在有大量的现象表明，城市人在城里住久了，喜欢跑到乡下来，亲近自然，玩味乡土，乐意到山沟沟里来清静清静，呼吸这里的新鲜空气。到那时，被冷落的蝴蝶冲摇身一变，又变成了人间乐园，"花蝴蝶"一定会重新振作起来，抖动她漂亮的双翅翩翩起舞，欢迎那些远道而来的客人。这虽然只是一个遥远的梦想，但是我想好梦一定能够成真。

我的乡村老屋

孩子们已经在城里安了家，在乡下的我和老伴住进自己盖的楼房也已经好些年头了。然而有事没事的时候，我总是喜欢打开那早已闲置的老屋，东瞧瞧、西看看，有时站在那里久久发呆，因为在这里常常唤醒我童年的故事，回忆那些与父母兄妹在一起寒酸又快乐的岁月。

我家的老屋，大约建于民国初年。那时听说祖父的日子过得不错，他起早贪黑、勤于耕种，加上省吃俭用，终于盖起来村庄上首屈一指的“大八间”。大八间分前后两个大厅，厅在中间，左右两边是大正房，在上厅和下厅之间夹有两间厢房，因此称作大八间。

大八间的后厅比前厅略要高一些，后墙只开一扇耳门。离后墙一米多宽立有两根粗大的屋柱，那时按照古老传统的格式，在柱子与柱子中间还要装上木板墙，也叫影壁。在重男轻女的年代，家里来了贵客，妇女只能从影壁间出入。随着时间的推移，那些陈旧的观念渐渐淡化，所以我们家的老屋，只是树立有两根很是气派的屋柱，一直没有装上影壁。

后厅堂正中，一幅长长的老寿星壁画两旁，祖父还特意请了有名气的老先生书写了一副“大吉大利　兴旺发达”的对联。下面那张古色古香的条台桌上，祖父虽说不是先生，但他也装模作样地在条台桌上，摆放着笔墨等文房四宝。一张雕刻讲究的老式餐桌，四周整齐地摆放着刻有花纹的靠背椅。餐桌上整齐地摆放着茶盘、茶壶、茶盅之类。环顾整个上厅，虽说比不上绅士风度，但也说得上有大户人家的气派。

在上厅和下厅中间，有一个长方形的大天井，天井里外都用非常平整讲究的青石铺成。按风水的说法有“四水归堂、招财纳福”的意思，天井底边留有一个圆形的水孔。天井里养着许多大小乌龟，那时没有天气预报，每当遇到气候反常的时候，那老乌龟便驮着黑背从水孔里爬出来，大人们便说：“要下雨啦。”说来也巧，不出两个时辰，一场大雨倾盆而下，把个天井都快灌满了，那群大小乌龟，一齐从水孔里爬出来，在天井里嬉戏打闹，将鼻子伸出水面吹着水泡。

大八间的前厅和大门，那是整个房子的脸面和门户。听说祖父在庄上算是文武双全、爱讲面子和厚德的人。平时还有些爱打肿脸充胖子，宁愿自己躲在家里喝粥，也要装作富人去接济庄上那些困难人家，所以他是很用心去打造门面的。

房子后侧三面，都是土砖砌成的，唯有前面是青砖瓦屋，

我的乡村老屋

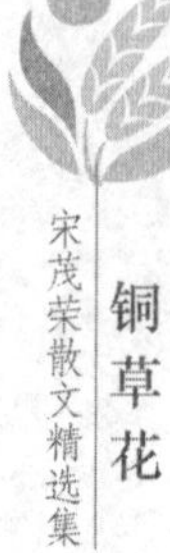

青石的门边配着一副朱红扎实的大门，大门上方一个斗大的福字格外醒目，屋檐下虽说不是雕龙画凤，但祖父也装模作样地请人画上一圈墙花壁画。

后来，祖父去世了，他把房子交给了父亲和二叔。我家的老屋，不但宽敞，而且还冬暖夏凉。每当夏日来临的时候，我们兄妹总是喜欢聚在天井旁边的青石板上乘凉，在地上打滚。记得每次父亲收工回家，总是强迫我们坐在青石板上为他扇风抓背。天井两头各有一个厢房，每当冬天来临的时候，父亲便早早地准备了许多柴火，在厢房里生着仰脸火。遇到下雨天不便出工的时候，厢房里便挤满了来烤火的左邻右舍。人们说着闲话，拉着家常，厅子里不愿烤火的孩子们在那里嬉戏打闹。整栋房子充满人气。要是下雨天，母亲便只管两顿饭，饿了的时候，母亲总是借着火堆用茶壶为我们烧些开水，泡些爆米，我们也借着火堆烤些红薯和年糕来充饥。在那农闲的晚上，父亲喜欢陪着隔壁的老爹，一边拨弄着火塘那快要熄灭的火星，一边说着闲话迟迟不愿离去。

多少年过去了，当父亲和二叔分家的时候，我家的老屋名义上分成了两半，但实际还是一家，那阵子过日子都是非常淳朴和单纯的。虽是分了家，但不像今天的人这样计较，谁家的饭熟了，就吃谁家的饭。谁家有好吃的，大家都分着吃。要是谁家蒸了红薯、玉米，将锅搭在天井边上，隔壁邻里一齐上阵，非得吃个锅底朝天，那时虽说日子过得紧凑，但穷也有穷的乐趣。

随着生活水平的不断提高，我们兄妹早已搬出老屋。祖上留下的老屋，陪伴着我的长辈渐渐老去，走过了往日的风光和喧闹。由于年久失修，今天我的老屋已经变得破烂不堪，令人感到几分悲伤和凄凉，但是我惊奇地看到，经历了数不清的风吹和雨打过后，我家的老屋，仍旧亭亭玉立，迟迟不愿倒下。

山里人

层层叠叠的大山，将一个近百户的山村团团地围在中间。唯一通往山外的出口狭窄得真的有些不好形容，有人曾讥讽说：“这里人进出怕是要侧着身子。”这话虽然说得有些过分，但确实是一条小路，加上一条小港，就挤满了出口的所有空间。后来也许是小港占了上风，将小路拦成两截，一根独木桥就成了村里人进进出出的必由之路。老实憨厚的山里人，祖祖辈辈就是踩着这根独木桥，提心吊胆地度过那摇摇晃晃的岁月。

相传有一年冬天，天干冷干冷的，下着细雨，村里的老石匠推着一辆装满石料的独轮车过桥，因为桥面结了薄冰，老石匠脚一滑，连人带车翻下了桥。按理说，老石匠即使没被翻下的石料砸死，也准得摔断手脚，可是他除了脚上划了几道口子外，并没有伤到筋骨。他一骨碌从港底爬起来，羞得脸红到了脖子根。他瞅准四下无人，也顾不上疼痛，推着空车匆匆上了岸，一屁股瘫坐在港岸边。他一边直喘粗气，一边呆呆地注视着那根独木桥，这时候他只觉得那桥身摇晃得格外厉害，他仰天长叹一声说：“也许是上苍有意要惩罚我呀！”

第二天，村里人便发现老石匠在独木桥旁边忙开了，他已经下了决心要修一座石拱桥。那摔下桥的两条长石料，正好成了他修桥的奠基石。老石匠要修桥的消息在村庄上很快传开了，

人们纷纷奔走相告，一时间成了村上的头号喜讯。全村人同心协力，几个月后，一座既气派又扎实的石拱桥横跨在村庄的出口处。当大伙稳稳当当走上石桥时，那高兴劲甭提了。为了庆贺石桥竣工，村上人杀猪宰羊，将老石匠请了上座。几盅老酒下肚，老石匠满面红光，他举起酒盅，摇摇晃晃站起来说："要不是……"想说出口的话，他又突然打住了，大伙见他说话吞吞吐吐，还认为他真的喝醉了，尽说一些外人听不懂的酒话。

后来有人还特意在桥边栽了一棵香樟树。每当盛夏季节，村上的人总喜欢坐在树荫下的石桥上乘凉，闲聊中总会有人有意无意地讲起老石匠的故事。其实老石匠修桥那是很早以前的事，可是今天人们讲起来仍然是有鼻子有眼。

山里人向来都有早起早睡的习惯，当东方出现鱼肚白的时候，那一声接一声的鸡鸣狗叫提早将山村吵醒了。母亲赶忙起床，她习惯地拉开门闩，踮起脚站到院外的高处，东张西望瞄准谁家的屋顶在冒烟，然后回到屋里，在厨房的灶台前抓上一把松毛，朝冒烟的那户人家走去。拿现在人的话说，这简直是不可思议，可是在当时，确实是祖上沿袭下来的习俗。也就是说母亲要到别人家的柴灶里讨两个燃着了的火炭，放在自己手上抓的松毛里，一溜小跑地赶回家，放在自己的柴灶里，然后吹呀吹呀，用这样的方法来点燃自家的柴灶。有些时候要是遇上有风，就会出现半道起火的现象，这时候母亲只得扔掉路上便燃起熊熊的火堆。每当这时，我们这些娃们总会幸灾乐祸，拍手叫好。对于我们的无知，母亲总是显出一副无奈和哭笑不得的样子。母亲这样反复折腾自己，说白了就是为了节省一根小小的火柴而已。那时候，我们家日子过得拮据，也许母亲手里压根儿就没有火柴。

每天早晨，当母亲将柴灶点燃后，父亲便不迟不早地坐到柴灶前，不紧不慢地掏出他的旱烟杆，借着灶膛里冒出来的火苗，吧嗒吧嗒地抽着旱烟。当他过足了烟瘾，一阵干咳过后，便朝房里恶声恶气地发话了："赶快放牛去。"我们吓得一骨碌从床上爬起来，父亲是家里的权威，说话像打雷，怪吓人的。

山村的早晨充满了生机，那一缕缕乳白色的炊烟，透过那些湿漉漉的屋顶向半空中飘游，然后停留在半山腰上，慢慢地拉成一条条长长的飘带，围着大山绕过一圈又一圈，当它与从地面上升的水蒸气会合后，笼罩着整个山村的上空，分不清哪里是屋，哪里有路，整个山村就像是藏在迷雾之中，人就似乎走进了一个朦胧的神话境地。当太阳从烟雾中露出笑脸的时候，那慢慢变得淡白的烟雾，就像是一条条被撕碎的抹布，将大山、村庄、小路、树叶都擦洗过一遍，一切都显得格外干净清爽。

该吃早饭了，山里人吃的早饭，那纯粹是蒸红薯。他们将熟薯装在大碗里，堆得老高老高的，很多人喜欢端到村庄的场子上去，聚在一起，边吃边聊天。只见他们一个个都吃得津津有味，用他们的话说，山里人的红薯好吃，养人。要说山里人想吃白米饭，算起来只有端午、中秋和春节，平时就别想了。只记得在我小时候，当我生病发烧，那时候没有医疗，母亲便找来一勺菜油，在我的太阳穴上涂涂擦擦，也不知能起到啥效果，当我还在受病痛煎熬的时候，心里却暗暗庆幸，母亲必定在蒸红薯的铁罐里蒸上一小碗白米饭，作为对我的特殊照顾。

说实话，我真搞不懂我这山里长的娃，却长出一个城里人的嘴，吃红薯就像是咽苦菜，在村庄上至今还流传着我讨厌吃红薯的笑话，"这该死的烂红薯吃到啥时才是个头呀！"对于我的挑食，父亲也曾经不止一次地指着我的鼻子骂："真是穷人生出个富人嘴。"当时我只记得住在村东的石山大叔和我站在一边，帮我说话。

石山大叔是一个瘦骨嶙峋的老头，他的颧骨很高，眼窝很深，嘴明显地瘪陷下去。他不管是晴天还是雨天都喜欢戴一顶他自己编的斗笠，一条打满补丁的破单裤吊起来老高，露出来半截脚杆，一双从不见洗过的破布鞋露着脚趾。冬天也从未见他穿过袜子，当他穿上那件露出棉花头的空心棉袄时，腰间总喜欢捆一根稻草绳，乍一看，就像是一个活稻草人儿。石山大叔父母死得早，由于家里穷，没有读书也没有娶亲，但是他能说会道，而且还是个乐天派，好像遇到什么样的难事都不会让他皱一下眉头。他住的小木屋已经破烂不堪，风一吹，就像是一只漂在风浪中的小木船，摇摇晃晃的马上要侧翻，有人曾提醒他说："大叔，木屋都快撑不住啦！"瞧他怎么说："急啥呀！到时候国家会安排在城里给我们盖些高楼大厦，楼上楼下电灯电话，一扭开关，水就自动流进水缸，煮饭不用柴灶，可方便呢。到时候搬进去住就是了。"每当他看到我的时候，总是挤眉弄眼地对我说："白米饭算个啥，到时候大鱼大肉，白米饭吃腻了，我们山里该死的烂红薯，摇身一变成奢侈品啦！"听他说得有眉有眼的，村上人听了笑得简直要掉眼泪，有人指着他的脊梁骨骂："尽说些不中听的疯话。"然于我们这些娃们，有事没事的时候，总喜欢钻进石山大叔的破木屋里，津津有味地听他吹牛。

许多年后，石山大叔死了，死在他的小木屋里，有人说他的死相并不难看，似乎还带着微笑。

今天，我们这个百来户的山村，大家突然一窝蜂地进城安家落户了，他们真的住进了高楼大厦，电梯、电话、小车已经不算时尚了。现在的城里人大鱼大肉吃腻了，真的有不少人开车跑到乡下来，品尝山里人的红薯粗粮，呼吸山里的新鲜空气，并且已经成为一种时尚。我想要是石山大叔还在，他肯定摇着他的破蒲扇，装模作样地学着济公活佛的样子：“我可没说疯话吧！”

我的爷爷

我的爷爷在我还未出生的时候就去世了。记得小时候，经常听到村庄上的老人讲起爷爷的故事，当年的爷爷在我们蝴蝶冲，算得上是首屈一指的人物，他长得魁梧健壮，能说会道，闲下的时候，还喜欢练拳舞棍，并且还小有名气，甚至连附近那些地痞恶棍们也得让他三分。听说有一年的年关，爷爷去一位习武的人家去收账，那人一脸奸诈，对爷爷说："听说你也练过几天拳棍，今天咱俩就来比试比试，你若是能打得过我，我可以马上将欠债还上，若是打不过我，你就乖乖地回去吧！"爷爷没有同他理论。他默默地回到家后，与我的奶奶分居，关起门来苦练一年，第二年年底他又去那户人家收账，那人知道来者不善，乖乖地将钱还上了。

爷爷的书虽然念得不多，但他脑瓜子好使，在那样的年代，他除了精心照管好祖上留下来的几亩田地外，还在家里开了一个杂货铺，什么油盐酱醋、针针线线等日杂用品，一应俱全，并且还雇上了两个伙计肩挑货郎担，走村串户地叫卖。在那兵荒马乱的年代，他竟然具有那样的经济头脑，实属罕见。

爷爷有着一副菩萨心肠，村庄上有两个无依无靠的孤儿，他全收留在家中，教他们做些轻活，供他们吃穿，就像是对待自己的孩子一样。平时村庄上，当谁家遇上有揭不开锅的时候，爷爷宁愿自己躲在家里喝粥，也要吩咐我的奶奶拎上粮袋子去接济他们，用爷爷的话说："这是祖上传下来的家规和祖训，不能传到我的头上没了规矩呀！"

爷爷虽然文化不高，但是他给自己三个儿子取的名字却很斯文，大伯恩仁，父亲恩义，小叔恩礼，也许是他指望自己的子女长大成人后，懂得知恩图报，有仁慈之心、义德之举，学会以礼待人。在他们三兄弟中，爷爷最宠的是我的大伯，听说大伯长得最帅，不但人长得帅气，而且待人谦和、通情达理。虽然大伯年纪不大，但总是帮着爷爷打理家务，成了爷爷的得力助手。我的父亲老实巴交，小叔又有些调皮淘气，所以爷爷对才貌出众的大伯寄予厚望。在大伯还未长到成年，爷爷就给他相中了一门大户人家的闺女，领进家来做了童养媳，听说大伯妈人长得非常漂亮，又聪明孝顺，爷爷奶奶将她视作掌上明珠，当自己的亲闺女看待。爷爷奶奶曾多次合计，等到大伯年满十八周岁，就让他们完婚。

然而天有不测风云，就在大伯快要到了结婚年龄的时候，日本鬼子突然对中国发动了侵略战争，当日寇的铁蹄踏进瑞昌后，实行了烧杀淫掠的"三光"政策，当时的江西瑞昌和湖北广济，曾经是武汉保卫战的第二防御地带，日寇在这里的交通要道修筑炮楼长期驻扎鬼子兵，在长江防线上驻扎战舰和巡逻艇，实行了物资的禁运和严密的封锁，妄想困死中国军队和沦陷区的老百姓。由于断了货源，爷爷的杂货铺很快关闭了，时间一长，大伙不可能断了盐路，于是有人便想找爷爷帮忙，看是否能想些办法。爷爷凭借多年在生意场上的关系，在湖北广济朋友的帮助下终于找到了门路，他愿意帮忙爷爷提供货源。然而运输必须通过日寇的长江防线，爷爷凭借多年在生意场上磨炼出来的机智和勇敢，终于躲过了鬼子的严密封锁，三番五次地运回

了食盐和其他货物，解决了大家的燃眉之急，并且冒着生命危险多次将食盐提供给当时与日寇周旋的中国军队。

一天，从广济生意场上朋友那里传来消息，近日有少量食盐到货，但日本人查得很紧，希望我的爷爷从速去取，这时候，不巧正遇上爷爷患严重伤寒卧床不起，大伯瞧见爷爷愁眉不展的样子，自告奋勇要为爷爷代跑一趟。爷爷非常不放心，对大伯千叮嘱万叮嘱。这一天，长江江面上风急浪高，在广济朋友的精心安排下，黄昏时分，几个人合租的一条小船出现在江面上。当小船驶到江心，不料被日本鬼子的巡逻艇撞上了，密集的子弹向小船射来。小船侧翻了，可怜的大伯中弹后，被滔滔的江水卷走了。爷爷奶奶得到这样不幸的消息，哭得死去活来。过了很长一段时间，才在离江面很远的下游发现了大伯的遗体。气疯了的爷爷不顾大家的阻拦，操起家伙就要到鬼子炮楼去拼命，可怜的奶奶跪下向爷爷求情说：“你这样去拼命，必定会招来鬼子的报复，不但连累家人，而且连村上人都会遭殃。”可怜的爷爷怎么能吞下这口恶气，在后来的日子里，他变得有些精神恍惚，甚至有些哭笑无常，他经常自言自语地骂道：“千刀万剐的强盗不得好死，不管你跑到天涯海角一定要你们杀人偿命。”并多次在睡梦中哭喊：“我那可怜的仁儿，是父亲害了你，你一个人太孤单了，父亲决定同你做个伴儿。”在那段时间里，可怜的爷爷已经变得非常的憔悴，瘦成了皮包骨，连背也驼了。两年后的一天早晨，爷爷装作去山上砍柴的样子走出了家门，就再也没有回来。当大家费了很大周折找到他的时候，发现他已经吊死在深山老林的一棵老松树上。爷爷走了，留下孤儿寡母，我那可怜的父亲十五岁就开始扶犁掌耙，过早地挑起了家庭重担。

每当我回想起爷爷和大伯那段悲惨的往事，我便非常伤心和愤慨，是日寇的侵略罪孽，夺去了爷爷和大伯，还有那些数不清无辜同胞的生命。回望过去，我们今天的幸福生活来之不易呀！那是中国共产党领导的人民军队，抛头颅，洒热血，赶走了侵略者，推翻了“三座大山”，才让我们过上了幸福安定的好日子。我们千万不要忘记过去那苦难的岁月，只有守望世界和平，人民才能安居乐业。

奶奶的绣花鞋

记得小时候，奶奶最疼我，用奶奶的话说，我是骑在她背上长大的。因为我是她的长孙，所以奶奶一直宠着我。我家兄妹多，母亲很难每个都顾及周全，我的童年是在奶奶的怀抱里成长的。因此，在很多时候，我都是和奶奶打成一片的。

我的奶奶是一个非常爱讲面子的人，在她的房间里，到处都收拾得干净利落，房间虽说并不宽敞，她却安排得井井有条。一张老式的花床，一个老得发黑的衣柜，还有一张古色古香的梳妆桌。房间的两侧整齐地摆放着几把土得不能再土的老式椅子，任何时候，都是擦洗得光亮光亮的。不像母亲的房间孩子多，向来都是脏兮兮的。因为我是同奶奶睡的，所以只有我才有资格随便进入奶奶的房间，其余的弟妹都是闲人免进。然而我却有一个令奶奶很讨厌的坏毛病，喜欢翻箱倒柜。在那吃食相当匮乏的年代，嘴馋的时候，无非想找出一些吃食而已。每当我将奶奶的衣柜翻得凌乱不堪的时候，奶奶虽说是一肚子不高兴，也只是随便训斥几句，发发牢骚而已。可有一次，当我无意翻出她藏在衣柜底层的一个布包时，奶奶狠狠地发了脾气。我是动了她的啥宝贝啦！让她如此大动肝火，打开一看，原来是一双绣花鞋。后来奶奶告诉我，她曾经是一个大家闺秀，从小就学得一手绣花的好手艺，她娘家的大弟媳妇，是我们这里方圆几十里画花、剪花、绣花、剪纸的能人，拿现在的话说，算得上是一个大师级的高手。因此，奶奶暗自盘算着，得给自己准备准备，趁自己眼睛还凑合，为自己上心地做一双绣花鞋。生前好好穿穿，到时候省得母亲操心。立冬过后，奶奶便戴上了老花镜，每夜借着煤油灯忙开了。奶奶几乎是拿出了看家的本领，花了将近一个月的时间，终于非常满意地做好了这双绣花鞋。

当母亲瞧见奶奶的绣花鞋时，真是爱不释手，她也央求过奶奶，“妈，也给我做一双吧。”可奶奶却说：“瞧你那双马大脚，能好看得起来吗？”奶奶说话也真的太辣了点。在后来的日子里，我经常背着奶奶翻出那双绣花鞋，东瞧瞧西看看，虽然我不识货，但觉得非常美观。白色的鞋底紧针密线，横成行，直成路，真是不偏一根纱，黑缎子鞋面的前面，绣有一枚醒目的花朵儿，红花绿叶，鞋面的两侧绣满花蕾、花蔓、花叶，真是锦上添花，好看极了。拿到鼻子上闻一下，似乎可以闻到花朵上散发出的香味。听奶奶说，这双鞋的花样，那是她大弟媳妇画的手迹，所以奶奶就更加珍惜。逢年过节，或是家里操办喜事来了许多客人的时候，奶奶便翻出她那双绣花鞋穿在脚上，也许是奶奶在众人面前有意炫耀自己的手艺。有的时候，我喜欢逗乐奶奶说：“瞧您把这样漂亮的花儿踩在脚下多可惜。”奶奶总是朝我骂一句，“去去，小屁孩子懂啥。”用奶奶的话说，生前是要经常拿出来穿穿的，不然死后就不属于自己的。奶奶曾不止一次地吩咐过母亲，等她死了的时候，一定不要忘记给她穿上那双绣花鞋。

奶奶是死在“文革”期间的，当时“破四旧”的风声，已经一阵紧似一阵，听说所有带花的东西都将要被毁掉，该不该给奶奶穿上那双绣花鞋，已经让大伙拿不定主意，甚至有人提出，奶奶那边会不会“破四旧”？要是不允许穿绣花鞋，奶奶不就

要光着脚走路？瞧她那三寸金莲……最后大家还是七手八脚地给奶奶找来了一双半新半旧的粗布鞋穿上了。母亲害怕那双绣花鞋惹事儿，趁着一个月黑夜静的晚上，将奶奶的绣花鞋送到老远一个偏僻的地方给扔了。后来不久，“破四旧”的队伍就来了，母亲一吐舌头说：“真的好险哪！”

许多年后，有天晚上我突然做了一个奇怪的梦，我梦见奶奶穿着那双破旧的粗布鞋，显出一副伤心可怜的样子。她说她一定要找回那双被母亲扔掉的绣花鞋，后来她终于找回了那双宝贝鞋，高兴归高兴，但是嘴里还是嘀咕不停：“真是一些不知天高地厚的家伙，亏你舍得扔掉。”一觉醒来，原来是一场梦，奶奶啊，我多么希望这是真的，因为这双绣花鞋的专利，是属于奶奶您的啊！

生活的琐事

与父母分家自立门户的那一年，真的说得上是我人生经历中最难的一道坎。记得分家的那一天，除了父母留给我的一屁股债外，只分到两升米、半斤盐，一只打满补丁的铁饭罐，既煮饭又当锅。人到了这份上，面子已经变得不重要了，在无奈的情况下，我也只好拉下面子向人借，然而屋漏偏逢连阴雨，分家后的第二年，正当我一筹莫展的时候，一场大病，又让我债台高筑。

贫困无非有两种可能，要么是破罐子破摔，要么是将贫困视作一种动力，发愤图强，穷则思变，我同妻子一合计，选择了养母猪致富。经过几年的打拼，我们虽说没有致富，但也基本上脱贫，该还的还清了，该添置的添置了。用妻子的话说："养母猪攒的是苦钱，至今连晚上做梦的时候，还经常梦到那饿得直叫唤的小猪崽子咬着裤脚边不放呢。人呀，不能好了伤疤忘了痛，养家过日子得要学会细水长流。"然而男人总是表现得有些大大咧咧的死要面子，别人家有了电风扇、电视机，咱也不能落后呀！我于是编出一些不会花钱就是不会挣钱的借口去忽悠妻子。

到了 20 世纪 80 年代后，一部分先富起来的人，开始以自行车代步。在早晨那乡村的小道上，那丁零零的车铃声，把我

的心抓得痒痒的。我是一个不甘心寂寞的人，便又编出许多理由，做起了妻子的思想工作。当我从镇上推回那辆崭新的长征牌自行车的时候，心里就像是吃了蜜。可是妻子却不以为然，她朝我一撇嘴说："不错呀！啥时学会奢侈啦，有本事你把车骑回来得了，推着车走路就不怕丢人现眼。"说句心里话，妻子怎么知道我天生就是一个爱车迷？记得小时候，我一个人单独走在乡道上的时候，总喜欢摘下头上戴的斗笠或草帽当作方向盘，随着弯弯曲曲的乡道左打右拐，模仿大车司机那神气的架势，美美地过一把开车的瘾。

我打听那些已经学会自行车的人，说小孩子们学车半天准成，像我这样三十几岁的老骨头架子，必须要发扬一不怕苦，二不怕死的精神，不吃点皮肉之苦怕是成不了事儿。我听后心里有些不服气，也许他们在故弄玄虚。车到山前必有路，我骑在车上，靠着墙根起早贪黑地练开了，可是几天下来，仍是歪歪扭扭地不敢上路。我是一头犟牛不服输，为了练车我曾冲上了靠近石墙坝下面的草屋顶，并且连人带车冲进烂泥田里，品尝过老母猪拱泥的滋味。功夫不负有心人，半个月下来，我不但可以稳稳当当骑车上路，而且还可以只手走单骑呢。正当我沾沾自喜的时候，一件乐极生悲的事儿发生了。

记得那是一个干冷干冷的冬天，大清早，我骑着车风风火火地赶往外地去做工，结了冰的道儿上滑溜溜的，车把似乎有些不听使唤，尽管我做到小心驾驶，突然车子在一个下陡坡的地方失控了，仿佛飞起来了，只听一声巨响，我从车头被抛出老远，来了一个野猪拱地。当我沮丧的从地上爬起来的时候发现车子完好无损，而我嘴上的两颗大门牙，一颗动摇了，一颗没了去向。当时我真的蒙了，人也许到了这份上，才会清醒地意识到，车子摔坏了不要紧，自己的身体和健康尤为重要。缺着两颗大门牙，叫我往后怎么有脸见人。当我费了九牛二虎之力从草丛中找回那颗被摔掉的大门牙时，心里真的好痛。毕竟那是我身体中必不可少的一部分，陪伴我朝朝暮暮走过了三十几个年头，特别在那三年闹饥荒的年代，帮助我嚼野菜，啃树皮，一路走来容易吗？我小心翼翼地包好那颗被摔掉的大门牙，扶着车垂头丧气地打道回府，太阳毕竟是从东方升起来的，妻子非但没有落井下石数落我，反而像安慰孩子一样安慰我说："瞧你那熊样，摔掉了再镶一颗不就得了，干嘛失魂落魄的。"你看她说得多轻巧。接下来的日子可真是让我哭笑不得并吃尽了苦头。张口说话跑风儿，好吃好啃沾不了边，整天学着装聋作哑，抿紧嘴巴过日子。人到了这份上，真是羡慕别人有那么一口伶牙俐齿呀！我对天长叹，一失足成千古恨哪！

在后来的日子里，我便照妻子的说法，花钱镶了一颗假牙，去用心打造一个以假乱真的效果。然而很多假的东西是难以掩饰的，有一天，一个孩子无意瞧我一眼后，大声嚷道，假牙，一颗大假牙。他这一嚷不要紧，真的把我闹了个大红脸。七八岁小孩掉了门牙，很快就会长出新牙，那是一种美的象征，老年人掉了牙齿，那是一种自然规律，而我三十多岁竟把门牙摔掉了，算得上一级残废。我真的好后悔呀！在后来的日子里，也就是这颗补镶的假牙，帮助我克服了不少的困难，我也是细心地加以关爱和呵护。

一晃三十多年过去了，当我步入老龄后，一件揪心的事儿又发生了。那阵子我在浙江温州打工，一天，厂里有人给我送来一盘糯米糍粑，我一时嘴馋，一口下去，咔嚓一下，镶在嘴上的假牙竟断成了两截，我真恨，恨不得打自己两个嘴巴。妻子凑上来瞧了瞧。这一次，她竟幸灾乐祸地嘲笑我说："好哇！又开放啦！"唯一的办法是重启补救措施。于是我便四下打听

镶牙医院和收费情况，这一打听不要紧，简直把我吓出一身冷汗，听说在富地温州有一位过亿元的老板镶两颗牙齿，竟花费了十几万元。天哪！真是天文数字。说起来要成笑话，我这一辈子也攒不回人家镶两颗牙齿的钱，他这也许真的是太奢侈了？回头一想不对呀！人家也并非故意挥霍的，他有钱，也是一辈子辛辛苦苦攒来的，当人进入老龄后，当胃功能低下的时候，拿出自己的一点零头钱，镶两颗好牙来加强咀嚼帮助胃消化，把钱用在刀刃上，这才叫值。

一样的镶牙有金牙、银牙，也有用塑料制作的，人嘛！有钱人和没钱人总是难免有些区别的。我盘算着，去镶一颗最便宜的算了，都这把年纪了，还是凑合一点吧。当我来到温州曙光医院，觉得“曙光”二字一定会给我带来好运。当我迈进口腔科的时候，一位三十多岁像主任级的牙科医生正在同当地一位老年人讨价还价。从他们的谈话听得出，镶一颗好一些的要两万五，镶两颗打个折四万五。听完他们的交谈，我拔腿就想溜，这时主任医生同我打招呼，我支支吾吾不知说啥才好。主任医生瞧见我嘴上的缺陷，热情地同我搭讪起来，“外地来的？”我点了点头连忙告诉他：“打工一个月只有两千多，除开吃用剩不了多少钱，想镶牙不知有没有最便宜的？”他马上告诉我说镶一颗五百元，我几乎是鼓足了勇气再问了一句：“有没有三百元一颗的？”主任医生想了一会儿说，“好吧！都这把年纪了，出门在外打工也不容易，能帮就帮一把，五百元镶一颗送一颗吧！”听完他的表态，我的心里就像是升起了一缕曙光，暖暖的。

几天以后，当我去医院戴上那套镶牙后，人顿时觉得舒服多了。牙科主任吩咐人给我找来一面镜子，笑着对我说：“仔细瞧瞧吧！都变成十八岁小伙啦！三十年后再来镶副好的。”

这人哪！一到老年，最爱听的就是别人夸自己年轻、长寿之类的话。我赶忙回敬说：“借您吉言，要是再能活三十年，来您这里镶牙，我一定镶副金的。”

在蓝月谷打工的日子里

春节刚过，年味正浓，因附近一处山庄急需用工，我和妻子还有村庄上的几位姐妹，便风风火火地前去应聘。和山庄负责人会面后，经过一番讨价还价，我们一行答应做山庄的常年雇工。

这是一处名为蓝月谷的老年活动中心，是经民政部门批准注册登记的本市首家系统、专业服务于当地及外地老年群体的大型民办公助福利养生养老机构。

公寓依山而建，这里拥有一流的接待大楼，舒适的老年公寓楼，一栋栋豪华的小别墅独具一格。这里山清水秀，空气清新，雾气缭绕，交通便捷。全面建成后，算得上一流的老年人养生养老福地。

我们一行专门负责打理山庄的配套工程——草莓和百香果的种植园地。种植草莓和百香果是由著名专家手把手指导，选用农家肥及原生态的种植技术，种植出来的草莓、百香果粒大、口感香甜，以供居住在山庄的老人观赏、采摘、品尝。

我们每天忙碌在草莓和百香果的大棚中，排沟、锄草、施肥、整枝，这样的活计，对于我们这些做惯了农活的人来说，算得上得心应手，轻车熟路。望着眼前绿葱葱的叶苗，红彤彤的草莓果儿，心里有说不出的高兴，手上真有使不完的劲。在这个只有六个人的队伍里，唯有我一个是男人，因此许多累活、脏活，我总是随叫随到，从不推辞。套上现在时髦的话说，算是一个小小的劳动积极分子。也许我没有说出来，大家真还不清楚，这个老头两个月前曾在医院做过中等手术。也许大家不知道，因为我的心里揣着一个只有自己知道的小秘密，近几年，我利用一些空余时间写了一些文稿。尽管这些稿件大部分在多家报社发表过，但我有心将这些稿件结集出书的愿望依然很强烈。自费出书需要一笔不小的经费，妻子曾答应为我慷慨解囊，然而我却不忍心动她的养老钱，权衡之下，我也就只有自力更生，再苦再累也得使劲挣足自己的出书款。

也许由于对老年山庄有一种特殊的感情，我的眼前为之一亮，因为我写的散文，大部分是描写 20 世纪五六十年代那段艰苦岁月中的传统故事，待到山庄老人入住后，我想将我出版的

在蓝月谷打工的日子

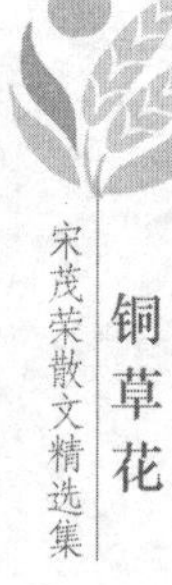

散文集投放到山庄的书报阅览室，我想我写的这些故事会勾起他们对于往事的回忆和同感，也许会喜欢。另外，这本书的作者，曾经还是一位在山庄干过活的建设者，也就无形中加深了一层意义。

时间一晃一个多月过去了，眼看就要领到薪水了，正当我沾沾自喜的时候，天有不测风云，意外发生了。这是个风雨交加的早晨，狂风伴着倾盆大雨，把个大地搅得天昏地暗，人们只能老老实实地待在家里不敢出门。因此，这天妻子和姐妹们都在家休息，因担心山庄有事，我穿上雨衣，骑了辆电动车，不顾妻子的反对，冒雨匆匆出了家门。车行半道，在一个拐弯处突然车轮一滑，车倒人翻，当我从地上爬起来时，只觉疼痛难忍，我发现自己的左手腕受伤了，左腿也不能动弹了，我急得差点哭出声来，我真恨自己有些假积极，要是今天不出工，也就躲过这一劫。

当我艰难地往家走，走在半路上我默默地打着省钱的歪主意，决定背着家人，找一个业余搞些推拿的朋友将就处理一下了事，可不巧那位朋友外出有事，我忍着剧烈疼痛，在他那里等了数个小时。当时那种落魄的狼狈相，真的很难找出适当的词语来形容。我的妻子闻讯后，通知我的儿子开车回来，将我像押犯人一样送到了市里一家专科医院就诊，诊断结果，我的左手腕已经严重骨折，左腿也严重伤了筋骨，一时间真让我急得傻了眼。

治病的日子是相当难熬的，除忍受剧烈的疼痛外，每天的吃饭、穿衣、拉撒等的行动不便，真是让我苦不堪言。老人呀，有时候确实像个孩子，在这些被疼痛折磨的日子里，我几乎每天像个小孩子一样，要撒撒娇，泡上几滴眼泪。然而更多的时候，我还是努力鼓励自己，身体的脚手架散了，但精神的脚手架不能散。因为我心里的那个梦还在期待着我去实现。我曾庆幸自己伤的是左手，右手还好，可以尝试写点什么，可是当人没有好心情的时候，你就什么也写不出来。

时间很残酷，它根本不会顾及你的感受，每天照样日出日落。然而苦日子也总有个熬出头的时候，一个多月后，我在医生的精心诊治下，病情已经有了根本性的好转。我每天向妻子打听山庄里的近况，用妻子的话说："这么关心，你自己去看看好了。"一个多月的时间说长也长，说短也短，当我重返山庄的时候，这里已经起了翻天覆地的变化。工程进度出人意料的快，望着山庄各项工程正在紧锣密鼓向前推进时，真为山庄建设者们热火朝天的干劲所鼓舞，也为自己不能参与其中而愧疚。然而，当我看到那成群结队来山庄参观或办理入住的老人们那开心的笑脸时，心里为他们感到万分高兴。这些来自城市的老人们，辛苦劳累了一辈子，老了终于有机会走出喧闹的城市，来到这空气清新的地方养生养老，安享晚年，真是太幸福了。

早晨，在那鸟语花香的林荫山道上，他们可以悠闲地散步健身，在清澈的池边垂钓，还可以去球场过过球瘾，去阅览室下下棋，读读书报，或是去果园走走，享受采摘的乐趣，品尝这原生态菜果的美味，在这个温馨的大家庭里，再也不会感到孤独。

祝福您，我的老年朋友！

元次山与瑞昌人民的情缘

1983年，瑞昌码头镇人民便在长江岸边修建了一座具有象征性的瀼溪亭，来纪念缅怀唐代大诗人、文学家、政治家和军事家元次山（即元结，号漫郎、聱叟，唐代容州都督兼御史中丞本管经略史），及这位好官爱民亲民的动人事迹，忠君报国的丰功伟绩。

据相关资料记载，元次山乃鲜卑族后裔，原姓拓跋，北魏孝文帝时始易姓为元。祖居山西太原，其父元延祖乃魏成主簿，延唐丞，迁居河南鲁山商余山。元结十七岁时拜从堂兄元德秀（唐时德才出众的进士）为师十年，在治学和为人方面受到很大影响。唐天宝六年（747）到长安应举，因朝官李林甫玩弄权术而落第后，归隐商余山。天宝十二年（753），元结应举登第，从此，开始了他领兵征战，威震四方，有怀报国，清德卓行的生涯，为大唐平“安史之乱”，为大唐恢复统一大业立下了汗马功劳。

唐肃宗乾元元年（758）“新乐府”运动的先驱者，著名诗人和政治家元结避安史之乱，举家隐居瑞昌县湓城南瀼溪之滨，离县城半里许的苍城墩，即现在的渡口周庄所在地。在《周氏宗谱》续修谱稿中，载有苍城墩元次山祠诗一首：“朽骨垂遗迹，高丘重列城。草深多长马，路僻不知兵。古木何人植，新堂载岁菅。文章天下在，莫道瀼溪传。”

元结举家隐居瀼溪期间，当地乡邻给了他许多无私的帮助，瀼溪人民的善良淳朴使元结非常感动，离开瀼溪后有感而发，写下了著名的《瀼溪铭》一文：“乾元戊戌，浪生元结始浪家瀼溪之滨。瀼溪，盖湓水分称，瀼水夏瀼江海，则百里为瀼湖，二十里为瀼溪。瀼溪浪士爱之，铭之其滨。於戏！古人喜尚君子，不见君子，见如似者亦称颂之。瀼溪可谓让矣。让，君子之道也，称颂如此，可遗瀼溪。若天下有如似让者，吾岂先瀼溪而称颂者乎？铭曰：瀼溪之澜，谁取盥焉？瀼溪之漪，谁取饮之？盥实可矣，饮岂难矣。得不惭其心，不如此水。浪士作铭，将戒何人？欲不让者，惭游瀼滨。”

文中由“瀼”与“让”谐音，进而引发自己对君子之道的理解，“让，君子之道也”。就让意阐发，揭出铭旨，在戒不让者也。辞直而意切，得精约之美。

上元二年（761），元结任荆南节度判官，带兵镇守九江，九江离他在数年前因避安史之乱所居瀼溪不远。这年八月，他目睹百姓流离失所的处境，写下了表面歌颂实际讽刺的《大唐中兴颂》，叙述安史之乱，玄宗逃蜀，肃宗即位，克复长安、洛阳之事。其间他还专程探望瀼溪乡邻，触景生情，写下了脍炙人口的《喻瀼溪乡旧游》一诗：“往年在瀼滨，瀼人皆忘情。今来游瀼乡，瀼人见我惊。我心与瀼人，岂有辱与荣。瀼人异其心，应为我冠缨。昔贤恶如此，所以辞公卿。贫穷老乡里，自休还力耕。况曾经逆乱，日厌闻战争。尤爱一溪水，而能存让名。终当来其滨，饮啄全此生。”在诗里，他以痛苦不安的心情写出自己做官前后和人民关系的变化，表达了自己淡泊名利的高洁志向和退隐山水的优游从容。

宝应元年（762），元结辞官寄居武昌樊口，先后曾多次回瀼溪探望乡邻，其间写下了扣人心弦的《与瀼溪邻里》

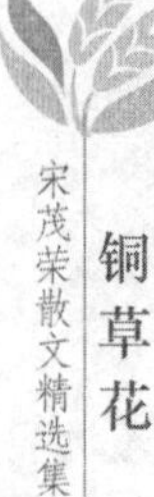

一诗："昔年苦逆乱，举族来南奔。日行几十里，爱君此山村。峰谷呀回映，谁家无泉源。修竹多夹路，扁舟皆到门。瀼溪中曲滨，其阳有闲园。邻里昔赠我，许之及子孙。我尝有匮乏，邻里能相分。我尝有不安，邻里能相存。斯人转贫弱，力役非无怨。终以瀼滨讼，无令天下论。"诗中饱含了诗人对瀼溪乡邻的深厚情谊，同时表达了对人民日益穷困的深切同情。

元结生性雅好山水，向往弃仕归隐的生活。他家居溪旁，并深爱其溪。瀼溪因元结而名，因诗文而灵，与柳宗元之愚溪，周敦颐之濂溪珠联璧合，并称佳话。

周敦颐对元结思想的承继，在其《瀼溪书堂》一诗中明白表露："元子溪曰瀼，诗传到于今。此俗良易化，不欺顾相钦……吾乐盖易足，名濂朝暮箴。元子与周子，相邀风月寻。"元子由"瀼"及"让"，周公由"濂"而"廉"。周公徘徊于"久爱"的庐山之野，那条承载着元结诗文的瀼溪在门前奔流不息，推窗而望："窗前即畴囿，囿外桑麻林。"好一派幽静闲逸的生活图景。在这种图景中，周敦颐不由自主地由书院想到瀼溪，由瀼溪想到当年的元结。于是在风月无边的夜晚，周公举杯相邀，意与元公对坐长谈，以探究天理人性之道。

北宋大文豪苏轼曾高度评价元结："尔来风流人，惟有漫郎叟"，他于元丰七年(1084)谪黄州，途经瑞昌时，曾访瀼溪元结故居，并在湓城西北六公里处的亭子山题诗于石，以余墨洒竹。自此之后，该处竹至今有似墨斑点，世称"苏亭墨竹"。

宝应元年(762年)元结抗议来稹不得其死，坚决辞去山南东道节度使留后的职务，解甲归田，寄居于驻军所在地樊口(今鄂城)。这期间他经常由水路回瀼溪探望乡里，曾路过瑞昌码头镇的苏山，写下了题为《橘井》的诗章：灵橘无根井有泉，世间如梦又千年，乡园不见重归鹤，姓字今为第几仙？风冷露坛人悄悄，地闲荒径草绵绵。如何蹑得苏君迹，白日霓旌拥上天。诗中的“苏君”是引用《神仙传》里苏仙公的故事。苏仙公得道即将飞升时告诉母亲就照他的吩咐办，结果救活了无数病人。元结的诗，表明晚年还要为人民做好事的崇高愿望，“橘井”之地，现在居住周氏、周艾、泥湾周等。

天宝十二年（753），元结应举登第。肃宗乾元元年（758）元结同夫人竺氏，带着两个儿子友直、友正，从襄阳举家奔瀼溪（今江西瑞昌）南阳乡排砂村。夫人竺氏仙逝后，续娶南阳乡上邹村邹氏女为继室，生子让，让与瀼同音，此子命名足见元公与瀼溪的感情之深。至今，上邹村为邹娘娘建的娘娘庙仍在上邹村东边。

元结是一位富有正义感，关心国家安危与人民疾苦爱民如子的政治家。

元结还是一名军事家。当安禄山反，他率族人南奔避难于猗玗洞（今湖北大冶）；当史思明发动叛乱之时，他招募义兵，抗击史思明叛军，保全了一十五座城池。他任道州刺史之前，该州因受贼入侵，四万余户纷纷外逃，留城者不满四千，他上任后，安抚百姓，善待贼民，使道州百姓纷纷回城，安居乐业。

元结是一位在文学上颇有造诣的散文家，他被尊为古文运动的先导，他继承《诗经》《乐府》的创作传统，在理论上主张“明道宗经”，强调文章济世劝俗的社会作用，不满于骈文的浮靡华艳。

元结是盛唐时代一位伟大的诗人，他的诗歌内容具现实性，无论四言、骚体、七古、七绝及五言古风，均质朴淳厚，笔力遒劲，独具特色，成为介于杜甫与元稹、白居易之间的一个现实主义流派。

这样一位爱民如子的好官，深受广大人民的爱戴和尊敬。他在寓住江西瑞昌排砂村时，设帐糊口，教书育人，义务行医。他医术高明，医德高尚。有一次，他把一个姓夏的孩子从死亡的边缘救了回来。还有一次，他成功地拿下了一个怀孕三年不分娩的怪胎。任何难症，药到病除，不治之症，起死回生，华佗扁鹊，不及先生。传说就在元结隐居排砂期间，瑞昌南阳乡、横立山乡和码头乡一带发生瘟疫，他走遍了疫区三十多个村庄，带领当地村民，上山采药，熬汤去瘟，挽救了许许多多百姓的生命。在治病的同时，也把医治病痛的本领传授给乡民。后来，在他所经过的三十多个村庄，人民为了纪念他，均修建了纪念祠堂。南阳排砂村民，为敬仰元公的恩德，在元公教过书的地方修建了一座“次山书院”。据史料推算，次山书院应建于唐宋时期，是排砂村及其周围村庄文人读书之地。院内没有其他神像，每日也无须上香朝拜，只是每年的农历八月初一灯会（元公诞辰日），当地百姓出于怀念元公当年传书讲学，行医看病，福泽百姓的大恩大德，自觉到书院门前朝拜，到案前烧香。

“次山书院”历经几个朝代都有专人看护，因而一直保存完好。随着时间的推移，当地文风盛行，有不少文人志士先后在书院办学，教书育人。令人遗憾的是，在“文革”期间这座历史悠久的文化遗产遭到拆除。

从天宝十四年(755)到唐代宗壬寅年(762)元结在瀼溪有七年之久，他同情瀼乡邻里的疾苦，与瀼乡邻里建立了深厚的感情，为瀼乡邻里做了很多的好事，瀼乡人民为感戴他的恩德，怀念这位先贤，雕像纪念。随着时间的久远，又由于多种附会传说，遂演绎成神，偶像化，将元结尊奉为“元福主”。

后来这些敬奉“元福主”的村庄，分为三十二个单位，称作“三十二夜锣”，轮流供奉，称为“移案”，一年一个地方，称作“一夜锣”，称为“坐案”。当轮到“坐案”的村庄，都是郑重其事地办理，先搬“亭子”即“元福主”的神龛，然后按规定的日期，奉请“元福主”的偶像。除“元福主”的偶像外，还有一尊女性偶像，传说是“元福主”的夫人，乡人称之为娘娘。另一尊偶像，传说是五代时，建立后梁地区政权的朱温，乡人称为“朱爹”，一同“移案”。“移案”时很热闹，敲锣打鼓，燃放鞭炮，放“三眼铳”。除抬“神轿”和敲锣打鼓，燃放鞭炮，放“三眼铳”等执事人员外，其余人员衣冠整齐地随行。小孩有骑马的，也有坐“兜子”的（一种“滑竿”式的躺椅，垫上毯子，小孩坐着或躺在里面两人抬着走），可谓是浩浩荡荡的“大队人马”。不过有的“坐案”村庄不大，人丁少，也就小规模地进行。“坐案”的村庄，在“接案”的同时，还会唱大戏，有的年份，戏班子还是从汉口请来的。唱大戏都是安排在大屋祠堂的戏台上演出，一唱就是两三天，十里八乡的男女老少，都赶集似的，姑娘们穿上花衣裳，梳妆打扮，孩子们也穿上花衣裳，新鞋袜，戴上新帽子，来到戏台下看戏，赶热闹，祠堂里总是挤得满满的，就像过年一样热闹，这也是人们最开心的时候。这样的活动，每个“坐案”的村庄，三十二年才有机会轮到一次，因此非常隆重。每当轮到“坐案”唱大戏时，亲戚朋友，已嫁的姑娘都会回娘家看热闹。

元结在瑞昌南阳排砂期间，除办学授书，还为百姓排忧解难，无偿为百姓医治病痛，排砂村村民为了纪念“元福主”，在“次山书院”旧址上修建了一座规模较大的“元公祠”。周边乡民还集资购买了一片山林取名“元公林”，在山林中为竺氏夫人修建了一座坟墓。

“文革”期间，“元公祠”这座著名的历史文化遗产遭到摧毁。改革开放以后，历史文化遗产保护得到重视，当地群众为纪念元结这位历史伟人的功德，自发地捐款捐物，在旧址上重建了“元公祠”，并经申请于 1998 年九江市正式批准其为合法宗教场地。“元公祠”兴建以来，除瑞昌当地村民外，还有来自九江、湖北阳新和武穴的乡民，纷纷来到“元公祠”烧香跪拜，求元公帮助逢凶化吉保平安，求保一帆风顺，事事顺心如意。

元公这位爱民亲民的好官永远活在我们的心中，他的高尚情操是留给我们后人最宝贵的精神财富，我们要一代一代传承下去。

升、斗、斛

今天，每一个家庭主妇做饭用的粮食再也不用算计着吃，因而对于老一辈人用的米升已经很陌生了。然而在温饱问题没有解决以前，米升却是每个家庭主妇不可缺少的生活用具。

米升是用 6 块小木板组装而成的，上宽底窄，米升口是用约 16 厘米长的木板见方组合，底口约 12 厘米，米升高为 8 厘米，中间隔着一块木板，一分为二分为两个半升，这样也就便于半升米的计量。小小的米升看起来虽然简单，但真做起来并非容易，

升

一个米升做出来一升为1.5市斤那是丝毫不差的，这也足以说明我们祖辈们精湛的手艺。

记得小时候，每天天还没亮，母亲便早早起床，一只手提着煤油灯，一只手拿着米升，一步一步踏着楼梯爬上小木楼，当母亲揭开米坛盖的时候，我曾不止一次的看到母亲先是装好满满一升米，然后从米升里往米坛里抖落一些米，又从米坛里抓出两把，经过这样反复折腾后，再匆匆用升子量些干薯丝才算完事。

20世纪五六十年代，在生产队上工的日子里，一般家庭都是早晨做好两顿粥，中午为了省时间吃剩粥。说到这里，我不得不重复我家二弟与父亲从那时结下的怨恨。那时候我们家兄妹多，生活困难，肚子总是空空的，任凭母亲怎样计划用粮，到头来仍然是个缺粮户。我家二弟长得壮壮实实，在生产队干活肯卖力，因此吃起来也怪吓人的，所以每顿吃多了，往往会遭父亲的白眼。后来可怜的二弟只好变个戏法儿，盛粥的时候，在灶底下先喝掉半碗，然后再添满，任父亲怎么点碗数，另外一半他早已下了肚。后来想起来也不能全怪父亲，原因很简单，你吃多了，别人就得饿肚子，巧媳妇难做无米之炊，这下母亲准备吃两顿的薯粥，中午已经所剩无几了。无奈之下，母亲只好用升子量出一升麦子，放到堂屋的石磨上磨点粉，煮上一锅菜糊糊凑一顿。我经常看到母亲背着我们捂着肚子。要是遇上青黄不接，母亲只好厚着脸皮拿个米升向隔壁妯娌借。每当母亲向人还米时，升子上面的米堆个小山一样，因此她向别人借啥都不会打白手。几十年过去了，今天我回忆起来，难免一阵心酸。

说到米升，我不得不想起一件流传至今、发生在中华人民共和国成立前隔壁堂叔留下来的那段有趣的笑话。那一年长大成人的堂叔要和童养媳的堂婶结婚，村上几个玩得来的同龄伙伴一合议，决定要搞一个恶作剧。洞房花烛夜，一个滑头趁人不备，偷偷溜到婚房木楼上藏好，当大伙闹完新房离去后，堂叔便开始与堂婶套近乎，他轻声细语地教导堂婶说：“十升为一斗，二斗五合一斛”（也就是说2.5斗合一斛），正当堂叔、堂婶甜甜蜜蜜说着话的时候，半路上杀出一个程咬金，这个滑头从楼上跳下来，高声嚷嚷：“十升为一斗，二斗五合一斛。”这下可把堂叔、堂婶吓得不轻。这个笑话似乎也玩得太过了，难怪成为人们的笑谈。

近日，当我整理老屋的时候，打算将一些不用的多余东西扔掉，可是当我看到那个用得黑里透亮的米升时，我怎么也舍不得，听说这个米升是奶奶的奶奶留下来的，老祖宗留下的好东西不能丢，我们一定要收藏好，一代一代传下去。

斛

砺子匠

在科学技术还很不发达的年代，一些民间工匠在人们的日常生活中，真的可以说是发挥了举足轻重的作用。记得小时候，常听到大人们挂在嘴上的话：“九佬十三匠，行行都是很吃香的。”然而在那个没有碾米机的年代，要说最吃香的还要数打磨、做碓、造碾子的石匠和木匠师傅，当然最吃香的还有做砺子的。要说石磨、碓、石碾都是靠石头跟石头产生摩擦来达到加工粮食的效果，而让人难以置信的是砺子却是由竹子和泥土做成的。当然做砺子的选料那是非常讲究的，竹子必须选择向阳生长多年的老毛竹，为防虫蛀和竹子的收缩变形，砺子匠们必须做好将竹料进行高温蒸煮，然后高温烘烤等前期工作。砺子的周边是用厚竹片围制而成的，砺子齿是采用宽竹钉做成的，基本上按照石磨齿的排列方式。砺子土是选用一种最坚硬的老土，人们管它叫砺子土。将砺子土捣碎后灌进围好的竹片和排好的竹齿上端，经过反复的挤压而成，能达到接近今天水泥结构一样坚固耐磨的效果。砺子的原理和形状大致形同石磨，但比石磨高大，砺子同样分为两扇，砺子齿外露，人们将稻谷倒进砺斗，然后套上木扶手转动上扇砺盘，砺子的上扇竹齿和下扇竹齿经过摩擦后，自然就将稻谷去掉了壳，这样人们便可以将砺子砺出来的糙米放进石碾或碓里再加工出米和糠。小小的谷砺，别看它土里土气，除了给人们带来生产和生活的便捷外，同时也彰显了我们祖先的聪明才智。

在我们这方圆几十里最出名的砺子匠要数赵家墩的赵老三，其实他还有一个响当当的学名叫赵本旺。然而当他从学做砺子的那天起，人们就只知道他一个名儿“砺子匠”。当陌生人来村上找他做砺子，向人打听他的住处时，“砺子匠住哪屋？”连小孩都很熟悉地将小手一挥，“村东头顺数第五间那栋青砖瓦屋”。

赵老三往上数听说好几代都是做砺子的，做砺子虽说是气力活很辛苦，但在那样的年代，有手艺的人总比没手艺的人强，难怪总有人羡慕做手艺的人说：“吃人湿的，拿人干的。”当赵老三跟父亲学会做砺子的手艺后，他不敢忘记父亲的教诲，手艺人最要紧的是诚实守信，不能怕好了别人，不要嫌穷爱富，谁家有个难处让点赊点不要斤斤计较。赵老三牢牢记住了父亲的嘱咐，加上自己的勤奋好学，所以他后来的手艺做得红红火火，因此家里生活过得很殷实，不愁吃穿。

砺子匠赵老三是独生子，当轮到他的头上，却只生了两个女儿，祖上传下来做砺子的手艺是男人干的活，每当想到祖传的手艺到他的头上要失传，他怎么也高兴不起来，这就成了他的一块心病。

一天傍晚，当砺子匠赵老三做砺子收工刚回到村口，迎面只见一前一后飞奔过来两个人，听见后面一位老妈子在喊，“抓贼呀，抓住他，他偷了我的米呀。”并示意砺子匠帮她拦住小偷。砺子匠赵老三身材健壮，而小偷瘦得像一根枯柴，砺子匠不费吹灰之力，便老鹰抓小鸡般逮住了小偷。当气喘吁吁赶来的老妈子夺下小偷手上的米袋后，举手要揍小偷时，砺子匠扛住了她的手，并劝住了老妈子，“不就一升米呀！追回来就算了吧。”

因为砺子匠认识他，他叫傻二黑，邻村的，从小没爹没娘是个孤儿，虽说有个近亲的堂叔，但是堂叔自己家里也过得穷巴巴的，因此也懒得管他，任他自由闲逛。其实傻二黑并不傻，由于从小缺少管教，傻二黑慢慢变得游手好闲，饿得慌的时候也就干些偷鸡摸狗的勾当，或干脆偷些吃食，就这样东凑一餐，西拼一顿地打发日子，因此，身体瘦得像根干柴棍。砺子匠瞧着傻二黑的这副模样，一阵心酸，他将傻二黑领回家后，吩咐老伴给傻二黑装上饭，这傻二黑也不知是啥时填的食，又经刚才一折腾，早饿得不行。他一口气狼吞虎咽地吃了几大碗，把个砺子匠的小女儿桂芳在一旁看得直吐舌头。

桂芳娘瞧着眼前的情景，眼圈有些发红，她是一个心软的人，有一副菩萨心肠。她凑近丈夫耳语了几句后，砺子匠突然站起来开口说话，他做出一个让人难以置信的决定，“傻黑，跟我学做砺子吧。”傻二黑这回真的傻了，他不相信眼前这位师傅说的话是真的。傻二黑并不傻，他赶忙跪下来，咚咚给师父磕了一串响头。

从此在砺子匠的队伍里，又多了一个做砺子的。其实傻二黑并不傻，他在师父的精心传教下，很快便掌握了师父全套手艺。老砺子匠不但教会了傻二黑全套手艺，更重要的是教导他如何做人，告诫他从艺人必须要守住一个义字，其实傻二黑骨子里并不坏，只是从小缺少管教，当他走投无路的时候，出来个贵人帮他，真的是让他感激不尽，因此他怀着一颗报恩的心怀，脏事累事总是抢着干，这下可把老砺子匠乐得眉开眼笑，逢人便夸黑子好。再后来，砺子匠夫妇又做出了一个出人意料的决定，将未出嫁的小女儿许配给了傻二黑，从此傻二黑摇身一变，便成了师父家的上门女婿，不！他的孝顺和乖巧胜过了亲生儿子。从一个无依无靠的孤儿，终于尝到了家的温暖，成长为一个有模有样的百家师傅，一家人其乐融融地生活在一起，傻二黑真的很知足，因此，他干起活来总是那样的肯卖力，难怪总有人夸他说：“黑子真的可以接他师父老丈人的班了。”然而让他高出一筹的是，要是遇上特别困难的人家，他还心甘情愿干些义务工。这不，吃过苦的人最懂得同病相怜。

时过境迁，几十年一晃过去了，就在傻二黑做砺子做得风风火火的时候，傻二黑这回真的做了一件破天荒的“傻事”，他竟拿出了自己的全部积蓄买了一台碾米机。打磨、做碓、造碾的石匠和木匠师傅傻眼了，但是不会失业，只是少了一些活计，而傻二黑做砺子那是彻底地失业了。

随着碾米机的迅速普及，先进的科学技术已经彻底取代了原来落后的生产工具。砺子匠还叫砺子匠，但是早已不做砺子。高兴之余，让人遗憾的是随着砺子和做砺子人的渐渐消失，老祖宗留下来的，延续千年的好东西，将要被人们彻底淡忘。

在住院的日子里

全家从温州打工回来后，儿子媳妇为了照管孩子上学住在城里，我和妻子因为留恋乡村生活，回来后便重新住进了乡下的老房子。没过多久，妻子便在邻村的矿上找了份差事，把我一个人丢在家里，我虽说有一肚子委屈，但我最了解她，妻子是一个闲不住的人，用她的话说："再过两三个月就要过年了，闲着也是闲着，说不定辛苦两个月，还能挣个过年的开销呢。"经她这么一说，我也就无话可说了。尽管我是平时靠惯了她，衣来伸手，饭来张口，要说一个大男人连自己都照管不好，那也是活该。

就在妻子离家后的第三个晚上，我突然被一泡尿胀醒了，当我蹲在厕所的时候，我蒙了，尿道堵了，尽管我使尽招数，竟连一滴尿也拉不出来，一时间，我憋得直冒冷汗，急得就像热锅上的蚂蚁，我一分钟一分钟的往前数，好不容易熬到天亮，我赶到村卫生所打了点滴吃了药。可是病情不但不见好转，反而在急剧的加重，无奈之下，我厚着脸皮拨通了妻子的电话。十几里的路程，妻子找了个熟人骑车帮忙送她，不到半个时辰便匆匆赶回了家。当时我还有些担心她会向我发些牢骚，用"就像孩子一样淘气，做事如此不靠谱"之类的话来数落我。然而她不但没有埋怨我，反而责备自己，"都怪我不好，把你一个人丢在家里，要是有个三长两短，那可就没得后悔药吃啦”。

妻子租了辆车，我们用最快的速度赶到了市里一所医院，并且作了住院打算。这是一所中医院，在本市算得上数一数二的医院，我选了一间最便宜的普通病房，病房有六张铺位，当我住进去后就已满额。病房虽说有些拥挤，但整齐有序，当护士小姐为我铺好被褥后，同房的病号便几乎一齐停止了呻吟。他们用陌生的眼神注视着新来的病友，接下来便有人迫不及待地询问我的病情，这也就应验了那句老话，“同病相怜”。

说到住院，屈指算来，生平这已经算是第二次了，第一次是在三年前的一个秋收季节，连续抢收了几天稻子后，我突然喉咙肿得快要封住咽喉，颈部还同时出现了一个三四厘米的肿块。当我在市里的医院做完相关的检查后，我从检查医生那异样的神情种看出了我病情的严重性，接下来检查医生再三叮嘱，事不宜迟，必须尽快去上一级专科医院做进一步的检查就诊。平时连点滴也很少打的我，被这突如其来的病情惊呆了，一时没了主意，但表面上还假装着冷静和若无其事的样子，妻子却被吓得哭了鼻子。

当我怀着忐忑不安的心情赶到地级市的一家三甲肿瘤医院时，科主任非常重视我的病情，因为我的病症是处在身体的重要部位。为此她还特意请了医院的专家院长亲自为我诊断，然而当我做完各项检查后，出乎大家意料的结果是一种最严重的炎症，难怪医生们庆贺我说：“你算是一千个病号中侥幸逃脱的一个。”谢天谢地，我庆幸自己终于逃脱了一劫。

我多么希望第一次住院的好运继续在我身上重演，然而这一次可就没有那么幸运了。经过检查后，我得的是一种男人最常见的病类——前列腺增生，而我的病情已经到了最严重的程度。接下来我只能乖乖地躺在病床上，下半身吊着一根导尿管

和尿袋，手上的针管夜以继日的在输液。我曾嘲弄自己说，真像是戴上了脚镣手铐，让你动弹不得，当我的孙子孙女在病房看到我的这副模样时，眼泪就像是断了线的珍珠，吧嗒吧嗒地往下掉。是呀！这就是人世间最最难以割舍的亲情。

在小小的病房里，我们这些同一个屋檐下的病友，尽管有些陌生，但是大家都在互相帮助，相互打气，大家用这样的形式来打发那难熬的日日夜夜。

在病房里，除了妻子夜以继日地守护在我的身边，医生和护士也不间断地来到病床前问长问短，一会儿测血压，一会儿量体温，一会儿换吊瓶，那些年轻女护士们就像是一群漂亮的花蝴蝶在眼前飞舞。当我瞧见那些年轻貌美的护士小姐，不厌其烦地为病号端屎倒尿、擦洗身体时，要不是我亲眼所见，我真不相信这是真的。记得那次，一位护士小姐来帮我剪指甲，这下真的让我很尴尬，因为我长着一手的灰指甲，所以不好意思让她剪。她竟然拉出我的手，为一个满手长着灰指甲的病老头剪指甲，而且剪得是那样的认真仔细，难道她就不怕灰指甲传染给她吗？真是让人不可思议。

难熬的日子终于熬到了第三天，医生为我的病情做了最后的诊断，拒绝了我一再要求保守治疗的请求，也就是说要想根治，必须进行手术治疗。对于一个平生从未得过大病的人，突然要接受手术治疗，一时间恐惧感油然而生，真的有些不知所措。手术定在进院后的第四天进行，可是就在手术的前一天，主治医生刘医生却告诉了我一个非常糟糕的坏消息，根据抽血检测，我的某一项指标超高，医生怀疑我的症状有恶性的危险。得知这样的消息，一时间真让人有一种驼子背上加包袱的感觉。

第二天，手术照样进行，为了给自己壮胆，我昂着头装作若无其事的样子走出了病房。然而当我第一次走进手术室的时候，真的有一种说不出的恐惧感。当我躺倒在手术台上的时候，心里滋生出一种任人宰割的感觉。麻醉师麻醉了我的下半身，然而我的头脑仍是非常清醒的。接下来，有人脱下了我的裤子，手术马上就要开始了。我下半身一丝不挂躺在手术台上，这对一个从未经历这样场合的传统老人来说，确实有些尴尬和无奈。但对于那些每天都在经历这样场景的医生，也包括那些在场的年轻女护士们，已经是司空见惯，平淡得不能再平淡了。此时此刻，也许大家心里只有一个共同的想法，认真做好每一例手术，这是医护人员的天职。当然算来我也是很幸运的，主刀是我的主治医生刘医生，听说他是一位很优秀的年轻医生，并且刚从省城大医院进修回来。不仅如此，在一旁坐镇的还有医院的专家级人物——外一科的姜主任。

时间在一秒一分地向前滑动，我的心仍然在怦怦乱跳，为了让自己能镇静下来，我在心里默默吟诵着自己写的一首小诗《小桥》，并且反复吟诵最后两句，“人生定会遇到很多坎，一定要学会架设很多桥”。以此来为自己增强勇气。三个多小时过去了，尽管手术进行得非常顺利，但是出于对患者的高度负责，手术进行到最后，还是由姜主任亲自来为我的手术打扫战场。当我被推出手术室的时候，我所有的亲人都来看我。人呀！只有在这样的时候，才会真正领会血浓于水和那些难以割舍的亲情。

有过手术经历的人也许最清楚，当麻醉散去后，那种疼痛是相当难熬的，然而在治病疗伤中不有那么一句老话吗，“长痛不如短痛”。也就是说像我们这些倒霉鬼突然就得了这样来势汹汹的怪病，要不是有今天这样好的医疗技术，好的医护人员，好的医疗设备，好的社会制度，结果将是什么。

手术后一周的恢复期总算熬过去了，在医生和护士的关照

下，术后恢复令我相当满意。接下来，我便向我的主治医生提出了出院请求，刘医生考虑我的某些抽检指标超高，让我等活检结果出来再说，但由于我回家心切，刘医生拗不过我，才勉强同意。带着他的一番叮嘱，我便匆匆办了出院手续。虽说是出院了，但心里并不轻松，那份未知数的检验结果，就像一块沉重的石头压在心上，让我忐忑不安。说来也巧，就在我回家刚跨进家门还未坐定时，我的手机响了，电话那边传来刘医生令人兴奋的消息，“恭喜你宋叔，你的送检结果出来啦！没有问题。”一时间，我只觉着我的双手抖得厉害，激动得一句话也答不上来，嘴里只知道重复两个字，“谢谢、谢谢”。

相　亲

在20世纪六七十年代，男孩子一般到了二十出头，父母就得急着为他们张罗婚事，然而当我到了二十六七岁仍是光棍一条时，可把我的父亲急得就像热锅上的蚂蚁，整天耷拉着脸，动不动朝我和俺娘发火。父亲朝我发火也有他的道理，我家兄妹多，我又是排行老大，你老大一耽搁，拖了大家的后腿，当然我也是哑巴吃黄连，闷在心里苦。论长相，白白胖胖的不比别人差，记得那一年，我为生产队放牛伤了腰，我还多长一个心眼儿，趁机找了个理由，学会了一个令女孩子心动的裁缝手艺，按理说找个媳妇儿不是难事，往高处说，我甚至有条件去挑选别人。然而爷爷的历史问题就像是一座大山，压得我抬不起头来。在当时像我一样有出身问题的人，要想讨个老婆，只有贬低自己的身价，去找那些长相丑陋或是身体有残疾的女孩凑合成个家，然而我好歹也算是个走东家、串西户的百家师傅，我拉不下这个脸面，不想让别人在我背后指指点点、品头论足。

早年做裁缝手艺，都是上门做活的，一台脚踏缝纫机、一把剪刀、一杆尺，就算是我混饭的全部家当，在当年那凭布票扯布料的年代，裁缝算得上是一个叫得响的行当，无论是到谁家做活，身边总是围满了那些来看花布料、做新衣的大姑娘和

小媳妇，特别当我给那些妙龄女孩量身定做的时候，我一个大闺男，有机会在她们身上，用一根软尺横竖左右量个遍。每当我给他们量胸围、腰围、臀围，触及他们那隆起的胸脯和丰满的臀部的时候，我会立马警告自己，手艺人的规矩和自己的出身问题，只允许我规规矩矩、不许我轻举妄动。尽管我每天都扎在女人堆里，但我也只能是望洋兴叹。

然而有些事情并非像我说的那样糟糕。记得那一年，我在师父家学徒，那时我还是个二十出头的小伙，一天，突然我的腰痛病发作，痛得我直不起腰来。说来也巧，他们村庄上有一个专治腰伤的老中医，虽然治伤有些名气，但他有历史问题，一般不敢替人治病。由于我的师父再三恳求，他终于拉不下面子，才勉强答应下来。我在他的几剂草药作用下，腰痛便收到了明显的效果。就这样一来二往，我便与他家的闺女桂芳熟识起来。桂芳约摸和我年龄相仿，不高不矮的个头，长得眉清目秀，而且聪明勤快。他父亲为我找的草药都是经她的手为我煎熬的，每当她将药汤递到我手上的时候，我心里感觉热乎乎的，似乎有一种说不清道不明的感觉。当我一口气喝完那苦得难以下咽的药汤，她总会给我一个甜甜的微笑。时间一长，我与她已经很熟，有事没事的时候，故意跟她套近乎，她也经常夜晚来到师父家帮我做手工活。就这样一来二往，时间一长，我们简直成了……用现在的话说，接近男女朋友吧。记得有天晚上她鼓足了勇气对我说："裁缝哥，等你学会了，我将来跟你学好吗？"我当时有些害羞，但还是爽快地点了头。

就在我们俩感情升温的时候，天有不测风云，农村的阶级斗争、政治空气突然紧张起来。由于她父亲有历史问题，她们全家被赶到了别村。不久她居住的那个村子，有一个满脸疤痕的地痞，心起歹念，有心要占有桂芳，并发下狠话，若是不依，就把他的父母整死。后来听说，桂芳为了保全父母的性命，心一横，嫁给了那个恶棍。听到这样的消息，我的心里痛得仿佛在滴血，更让人不能接受的是，那个男人仍是兽性难改，一不顺心，便对她拳脚相加，尽管后来生有儿女，还是不把她当人看待。许多年后，一次无意相遇，我竟认不出她来，我的心就像针扎一样痛，我为我自己没有能力保护好她而感到深深的愧疚和自责。

在后来的日子里，我便走上了漫长的相亲路，隔三岔五被媒人带到姑娘家去相亲，然而不是有缘无分就是有分无缘。记得有一次我经不起媒人的花言巧语，答应了一门亲事，当备好彩礼准备过门时，发现媒人隐瞒了事实。后来我打了退堂鼓，竟被那媒人骂了三天三夜也不肯罢休，把我弄得是哭笑不得。就这样折腾了好多年，我简直对自己的婚姻失去了信心，一筹莫展。

就在父母对我的婚姻失去信心的时候，我的大妹也定了婆家。就在大妹出嫁的那阵子，我非常愧疚，简直不敢见人，我真的再也坐不住了。说来也巧，真是天无绝人之路，这时有人传出消息，“成分”将要被取消。我终于盼到了希望，于是我又重新走上了相亲路。然而出身不成问题了，大龄问题又开始让我头痛起来。

记得那年我去相亲，我一眼便相中了她，由于当时我与她年龄相差较大，为了慎重起见，我便耍了一个小聪明，本来属龙的我谎称自己是属马的。可是弄巧成拙，姑娘恰好属牛，乡下人相信属相，牛马不同栏，眼看这场相亲又没戏了，我再也没脸回家向父母交代了，只好赖在那位做媒的亲戚家不肯回去。这位媒人亲戚急了，又跑到本村支书家去说媒，世上很多事情真是无巧不成书，就在这位村支书家女儿答应的时候，我现在

的妻子家传下话来，他们全家都同意了。一时间我这个老单汉竟好事成双，这下可把我那位说媒的亲戚急坏了，一时没了主意，一个劲地催我拿主意。也许人的婚姻真的是一种缘分，我竟放弃了高攀支书家的那门亲事，相中了我现在的妻子，那真是只要婚姻对，木槌打不退。

第二年我便将妻子娶回了家。在那娶亲的日子里，我们没有婚车、没备彩礼，至今我还清楚地记得，她穿一件大红的棉袄，站在我的身后，跟着我深一脚、浅一脚地走在崎岖的山道上，也就是从那时开始，她将自己的一切都交给了眼前的这位男人。

成家后的第二年，我们便与父母分了家。当时由于与二弟同时娶亲，家庭一度非常困难，我们在帮助二弟的同时，承担了家庭的所有债务，并相继帮助三弟学徒、二妹读书和照管小妹。后来我们又先后生下一对儿女，面对家徒四壁的困境，妻子用一种吃苦耐劳的牛劲，起早贪黑地种粮养猪，总算让家庭脱离了困境。妻子虽说有些脾气，但她是刀子嘴、豆腐心，对待我的父母很好，父母最后瘫病在床的时候，都是她精心伺候的。对待兄弟姐妹也很亲热。在那最困难的年代，一件小事至今令我记忆犹新。那一年我因没钱买鞋穿，妻子熬夜为我补了一双破胶鞋，后来听母亲说，二妹念初中没鞋穿，妻子竟将刚补好的胶鞋递给了二妹，当时真的令我非常感动。

时间过得真快，几十年一晃就过去了，夫妻过日子，平时也难免有些磕磕碰碰，是老天爷保佑，我们平平安安地走过来了。如今我们已是儿孙满堂，儿女都有出息，在城里购了房、买了车。一天晚饭，我一高兴，喝了几杯小酒，接着话也多了，我把妻子叫到跟前，坦白了三十多年前相亲时的谎言，妻子朝我一笑说："都老夫老妻了，还提那陈芝麻烂谷子的事儿，其是她给了我爱情，给了我家庭，给了我幸福和温暖，让我坎坷的人生，苦尽甘来。

有惊无险

1966年上半年，该是我读小学的最后一个学期了。正当我满怀信心要力争考取县城的重点中学时，令我万万没有想到的是，一个突然的转折，让我非常无奈地走进了另外一番天地。

记得在毕业和升学考试前夕，我们毕业班的班主任王老师，为了让全班同学能考出一个好的成绩，隔三岔五的给大家出命题作文，以便提供更多的机会让同学们练习写作。我们的班主任，是一位颜值很高的语文老师，听说他的文学功底扎实，曾在报刊上发表过作品。至今我还清楚地记得他给大家布置的最后一篇作文——《我的农民伯伯》，并让我大出风头。其实这并不奇怪，一个出生在种田人家的孩子，哪一天不和田地庄稼打成一片。我家兄妹多，是村庄上出了名的困难户，穷人家的孩子早当家，我们每天在放学后，总是帮着父母割麦子，收稻子，放牛，捡柴割草，特别令我难忘的是在那三年闹饥荒的年代，父亲为了让全家能填饱肚子，总是利用有月光的晚上开垦荒地补充口粮。每天晚上父亲总是带上我和二弟拖上几只竹筐子，捡走那没完没了的乱石堆。在那夏天的夜晚，那些荒山野岭的野蚊子，成群结队地向我们发起攻击，叮得满身肿起红疙瘩。在那寒冷的冬夜，当刺骨的北风钻进单薄的破棉袄里，蹲在地上赤手捡那冰一样的石块，冻得我们浑身发抖。实在受不了的时候，我们背着父亲跪在地上乞求月亮快些下山，可是那月亮就像是被钉在天边一样，一动不动似乎故意跟我们过不去，像是一心要看我们的笑话，这苦头这滋味真是让我刻骨铭心。因此农民伯伯的艰辛，农民伯伯的渴望，我不仅是亲眼目睹，而且是亲身体验，加上本来写作水平就小有名气，因此这篇作文我写的是得心应手，顺理成章，当班主任批阅我的这篇作文时赞不绝口。第二天上语文课的时候，王老师特意点了我的名，当着全班同学将我赞扬一番后，让我照着作文为全班同学朗诵一遍。当我站到讲台前，面对着全班几十双熟悉的面孔，心中虽说有些胆怯，但我还是鼓足了勇气，非常流利地读完了全文，当读到关键的段落，还真的有些让我动情。后来这篇作文还作为范文在全校高年级各班朗读。然而，就在我沾沾自喜的时候，轰轰烈烈的“文化大革命”开始了，报纸上已开始连篇累牍地刊登向文化领域权威开炮的文章，一时间乌云密布，烽烟四起，批判的浪潮由上而下，学校里那些别有用心的人也开始蠢蠢欲动，开始张贴“大字报”，并且叫嚣要揪出一批学校文化领域的“牛鬼蛇神”。让我万万没有想到的是，有人竟向我写的那篇《我的农民伯伯》作文提出了质疑，用他们的话说，现在的农民生活过得比蜜还甜，而我那作文的内容似乎在描写农民的劳动辛苦，似乎没有站在贫下中农的立场说话，故意歪曲农民的形象。得到这样的消息，真是让我哭笑不得，想不到写一篇作文也让我摊上了麻烦，正当我忐忑不安，提心吊胆的时候，学校便很快放了暑假。我因为爷爷的历史问题，辍学回家了。这下也就让我躲过了一劫。

辍学在家，心里有一种说不出的失落感，脑子里总是觉得空荡荡的，尽管每天那些做不完的农活儿压得我喘不过气来，随着政治空气的步步逼紧，学校的情况总是让我忐忑不安，牵

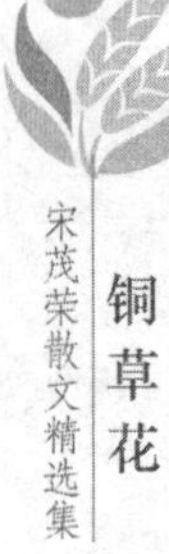

肠挂肚。我在心里时刻惦记着那位病恹恹的老校长，我的班主任，还有学校那些带过我课和没带过我课的老师。我在心里暗暗祈祷，但愿他们都平安无事。

尽管我已经永远地离开了学校，但老师们那和蔼可亲的面容深深地印在我的脑海中。我不会忘记，老校长拖着带病的身体，每天还在坚持为同学们上课；女教导主任对工作总是保持那种严肃认真一丝不苟的态度；我的班主任，他是一位多么受人尊敬的好老师啊！当年他从城里的大学毕业，放弃了城里为他安排的教学工作，一腔热血自告奋勇报名要求到条件最差的农村来支教。他将从大学里学来的新的教学方式，巧妙地运用到实践教学中来，凡是他带的班都很优秀。他省吃俭用，不知给那些买不起纸笔的同学提供了多少帮助。就是这样一位好老师，反成了“牛鬼蛇神”。尽管我已经离开了他们，然而一种做人的正义感在激励着我，我有责任为他们洗清冤屈。在后来的日子里，在那放牛的山坳上，我带上自己的笔和纸，铺在山坡的石头上，用写作文的形式，为尊敬的老校长、女教导主任、我的班主任，还有那些被打成“牛鬼蛇神”的好老师打抱不平，我要将他们兢兢业业教书育人的动人事迹如实地记录下来，告诉世人，他们是功臣，不是“牛鬼蛇神”。当我揣着那叠写得满满的稿子，曾经被堵的胸口，仿佛得到了一种释放的快感。我把那些稿子视作宝贝，准备找一个相当稳妥的地方藏好。最后我选择了老屋厢房里只有我一个人睡的单人床铺下的破棉絮里，我认为只有藏在这里既保险又安全。

第二年春季，我被生产队抽调去外地的水库工地干活，这下最让我放心不下的是我的那包稿子。临行前，我担心母亲翻晒棉絮，我又重新将我的稿子藏进破棉絮下面垫的稻草里，感觉万无一失时，才依依不舍地走出了家门。

几个月后，当我从水库工地踏进家门的时候，眼前的一幕真的让我蒙了。当时“文革”已经进入高潮，“破四旧”的浪潮势不可挡，那些有问题的家庭作为重点对象被清查，当我踏进家门，造反派已经将我家闹了个底朝天，该扔的扔，该砸的砸，整个屋里凌乱不堪，我站在门口吓呆了，心想，我的那包东西要是落在他们之手完了，屋外酷暑难熬，我只觉得自己的身体在不停地发抖，等到这伙人散去之后，我便急不可待地去寻找我的那包东西，我在他们扔在地上的稻草堆里捏了一遍又一遍，竟连一页破纸片也没有找到。奇怪，我只觉得自己的胸口跳得格外厉害，最后当我将床铺移开，真相大白了。在墙角的一个老鼠洞口，我发现了散落在洞口的零散纸屑。我终于明白了，往日让我恨得咬牙切齿的老鼠，今天却救了我一条小命。为了做到更加慎重，我将那些残留的碎纸屑也给烧了，尽量不留下蛛丝马迹。在后来的日子里，虽然我又躲过了一劫，但是我为自己的胆怯和懦弱深深地感到自责和不安，而这种不安让我煎熬了整整半个世纪。今天，我终于等来了重新写出那些堵在胸口的陈年往事的机会，终于有了一种如释重负的快感。

虚拟与现实

2016年6月7日，一年一度的高考拉开了帷幕，身在浙江温州打工的我，翻阅报纸，目睹了浙江省今年的高考作文题：

> 网上购物，视频聊天，线上娱乐，已成为当下很多人生活不可或缺的一部分。
>
> 业内人士指出，不远的将来，我们只需在家里安装VR(虚拟现实)设备，便可足不出户穿梭于各个虚拟场景；时而在商店的衣帽间里试穿新衣，时而在诊室里与医生面对面交流，时而在足球场上观看比赛，时而化身为新闻事件的“现场目击者”……
>
> 当虚拟世界中的“虚拟”越来越成为现实世界中的“现实”时，是选择拥抱这个新世界，还是可以远离，或者与它保持适当距离？对材料提出的问题，你有怎样的思考？写一篇论述类文章。

前些时候，我写的一篇杂文《山里人》中曾提及一个生活在20世纪50年代初一位老实憨厚的山里大叔的故事，“石山大叔”虽然不是他的真名，但这确实是一个真实的故事。他是我非常要好和熟悉的老乡邻。一个从旧社会走过来，衣不遮身，食不充口的老人，那瘦骨嶙峋的影子至今仍在我的眼前晃动，让我久久不能忘怀。我还清楚地记得他每天都是吃红薯当饭，红薯叶当菜，数九寒天，穿一条打满补丁的破单裤，吊起来老高，露出来半截脚杆，赤脚穿一双自己编的草鞋，一件露着棉花头的空心棉袄，腰间总是捆着一根稻草绳子，乍一看就像是一个活稻草人儿。他住的小木屋破烂不堪，风一吹，就像是一只漂在大海上的小木船，有人提醒他说："大叔，你的木屋撑不住啦！"你瞧他怎么说："急啥呀！到时候国家会安排在城里给我们盖些高楼大厦，楼上楼下电灯电话，一扭开关，水就自动流进水缸，煮饭不用柴灶，可方便呢。到时候搬进去住就是了。"听他说得有眉有眼的，村庄上有人指着他的脊梁骨骂："尽说些不中听的疯话。"石山大叔的疯话套上今天的时髦，算得上是一个地地道道的虚拟世界。后来可怜的石山大叔，虽然没有走进这个虚拟世界，可是他用一种超前和乐观向上的预见，提前感受了这个虚拟世界的快乐。然而今天，现实已经早早地超越了他当年那个遥不可及的虚拟世界。

记得在20世纪90年代初，那时我在深圳打工，为了给家里打个电话，在电话亭排起了长队，一等就是几个小时。当时曾听到这样的传闻："要不了几年每人都会拥有手机，到时候，不光是通话，还可以看见面容，进行面对面交流。"这在当时应该也算是一种虚拟，但是今天的视频和视频聊天早已成了现实。

在互联网的今天，人们不但已经习惯于网上购物、网上销售、网上转账、网上娱乐、网上聊天，并且越来越广泛地渗透进各行各业的工作和生产中。古人说："秀才不出门，能知天下事。"今天我们这些普通百姓，甚至包括一些老人和孩子，只要在手机上点一点，那些最潮最新的新闻就会呈现在你的眼前，让你

一饱眼福。网络功能不知给人带来了多少实惠和便捷。也就是说当过去那虚拟的东西变成现实后，真的让人尝到了那实实在在的甜头。

我认为从现实中产生虚拟，当虚拟终于变成现实的时候，这是一个从易到难，从简到精，是一个更新、升级、超越的过程。假如人们只是要求停留在现实中，不去构想，不去虚拟，那么人类就没有进步，虚拟是理想，更是目标。

当然虚拟也不是一朵飘在天空的浮云，不知所措，忽东忽西地随风飘荡。

有一天，有人真的要上太空定居，但他永远也不会忘记，他的根是在地球上的。当人们生活在越来越现代化的世界里，却有不少人非常愿意去青睐一些原生态的东西，努力去发掘、传承，去保护那些古老传统的非物质文化遗产。我想世间一些新与老，古与今，现实与虚拟不是原地踏步，而是在相互依赖，是在延续着一个推陈出新的过程。

黍

听母亲说，我小时候瘦得像根刺，后来是奶奶用一勺勺黍米熬的粥将我调转的，也就是说是黍米救了我的命。黍米小得像芝麻，因此也有人管它叫小米。

小时候，常听到大人们说的一句话：“他是烧黍米吃的。”后来才知道，那是嘲讽挖苦那些做事小气的人。不服气的时候，我会顶上一句：“黍米我烧过，但我不小气。”大人们会狠狠瞪你一眼说：“小屁孩子懂啥。”

我的家乡坐落在一个大山冲里，田少人口多，在20世纪五六十年代，人民公社那阵子，生产队打下的稻谷交完公粮后，所剩无几，人们养家糊口的口粮只有杂粮，红薯、玉米、黍米、小麦、荞麦，在这五大家族中，大伙看得最重的是黍米，因为它可以同大米一样煮饭熬粥。逢年过节，那用糯黍米粉做的糍粑，准会让你胀得肚皮痛。

黍米适应性强，荒地坡地都适宜生长。记得20世纪六七十年代，大伙为了填饱肚子，不少人铤而走险，他们起早摸黑，私下开荒种黍。黍一般在农历五月初便可播种，播种的时候，将地整平后，就像种芝麻一样满地撒种。我的父亲是种黍的高手，播种的时候，他用黍种拌上细土，抓上一把，就像天女散花一样，从地头这边撒向那边，待到黍苗长出来的时候，非常的均

匀。然而最让人头痛的却是那该死的野黍草，也不知是哪里飘来的草种，当黍苗长出来后，黍草也迫不及待地从地里钻出来，混在黍苗中间，乍一看，那初长出来的黍苗和野黍草还真的是一模一样。在给黍地除草的时候，父亲一眼便分得出哪株是黍，哪棵是草，而跟在身后的我却怎么也分不清黍和草来，往往是拔掉了黍，留下了草，时不时惹得父亲朝我吹胡子瞪眼，少不了一顿臭骂。

交秋时节，渐渐长高的黍秆很粗壮。当黍米快要成熟的时候，黍米粒很小，但金灿灿的米粒抱得很紧凑，虽然黍秆很坚硬，但还是让那沉甸甸的黍穗压弯了腰，远远望去，映入眼帘的是那一望无际弯腰驼背的黍秆在向你点头哈腰，鞠躬敬礼，着实逗人喜爱。

记得在"文革"期间，上头工作队进村来割资本主义尾巴，在生产队群众大会上，工作队发现了大伙有私下开荒种黍的苗头，发下狠话说："一定要揪出资本主义的黑手，割掉资本主义尾巴。"不想村庄上有个叫二愣的傻小子冒上了一句："黍米不是资本主义尾巴，倒是很像黄鼠狼的尾巴呢。"这下撞到枪口上了，工作队的人用黍秆给他扎了一顶高帽子，用黍穗绑在他的屁股后当尾巴，走村串户去游街，弄得大家真是哭笑不得。

我们村从祖上就有种黍的传统。早在抗战时期，就留下一段让人辛酸的往事。有一天，村里人得到消息，鬼子兵要进村扫荡，大家纷纷扶老携幼逃离了村庄。不想有个叫石山的老爹，突然想起家中一袋黍米没带走，当他返回家中背着那袋黍米出村时，竟一头撞上了鬼子兵。小鬼子见到老爹，一阵怪叫后，用刺刀挑破了他的黍袋，瞬间袋里的黍米洒落一地。老爹舍不得，弯下腰去捧那洒落在地上的黍米时，狼心狗肺的鬼子兵用刺刀向他背后捅去，可怜的老爹倒在了沾满黍米的血泊中。

在抗日战争和解放战争那漫长的艰难岁月，是中国共产党领导的人民军队，用小米加步枪，战胜了敌人的飞机、坦克和大炮，把苦难的人民从水深火热的生活中解救出来。

今天，人民的生活就像芝麻开花节节高，从温饱到小康一步一步走过来，过去那些连想都不敢想的美味佳肴，成了平民百姓餐桌上的家常便饭。品尝之余，我们这些过来人仿佛少了一些滋味。是呀！在过去那些风风雨雨的岁月里，帮助我们度过了饥荒年代的五谷杂粮，今天却遭到了人们的疏远和冷遇，思前想后，心中难免泛起一丝惆怅和留恋。

乡村石灰窑

我们的村庄四面环山，大山上储藏着丰富的优质石灰石，在很早的时候，我们这里就有烧石灰的传统，也就是在山坡边上挖一个圆圆的灰窑洞，在窑洞里装满石灰石，留一个放柴火的窑洞口，然后筹备一大堆窑柴，在窑里烧上数日数夜，待灰窑冷却后，便可开窑出灰。1958 年成立人民公社和建立生产大队后这种小打小闹的柴灰窑已经满足不了生产队的需求，因为当时人们种植水稻没有化肥、农药、除草剂之类，所以大家都是在稻田里大量撒石灰来帮助催肥、除草和防虫。为了满足生产队的需要，生产大队便组织各个生产小队合烧大型的煤灰窑。

根据就近原则，生产大队每年都选在我们村庄前面的山坡上建窑，时间一长，“门口窑”和“窑坪”就这样被叫开了。我清楚地记得，在我很小的时候，人们在窑坪的边上盖了一间很大的草棚，用现在人的话说，这间草棚就是灰窑的指挥部和办公室，并且还是一个兼放材料和工具的临时仓库。每天晚上看窑的老头，就住在草棚里。他不但待人态度谦和，而且非常健谈，什么陈年旧事他总是说得头头是道。在当时儿童娱乐场所非常匮乏的年代，草棚就成了我们这些小伙伴们每晚光顾的好地方。至今我还清楚地记得，每天晚上我们总是缠着老人给大伙讲故事。每当老人讲起抗战时期，发生在当地一座大山上，中国军人和日本鬼子干仗的情景时，他忽地一下子站起身来，嘴角喷出唾沫星子，紧握的拳头在空中不停地挥舞。在那夜深人静的时候，要是老人来上一段鬼怪之类的故事，我们便吓得不敢回家，赶紧钻进草棚角落的破被子里，同老人一起搭伴过夜。

煤灰窑由生产大队主办，劳动力由各个生产小队分派。烧制煤灰窑不是一件轻而易举的事，必须聘请专业的烧窑师傅全程技术指导。煤灰窑是建在平地上的，一层层往上添加，因此每当灰窑烧好后，分走了石灰、扒开了煤渣，灰窑便成了一块空地，所以灰窑必须每年重建。重建的时候，大伙首先必须整平一块空地，然后用几十根数丈高的大杉木围成一栋大房子大小的大圆圈，每根圆木都用钢丝绳、篾绳、草绳牢牢地捆绑着，灰窑的外围是用一层密密的小竹枝包裹着，再用隔年烧过的煤渣围成一米多宽的防火墙。煤灰窑是依靠煤作为燃料来烧制石灰的，人们按量将一层煤浇水后，牵来一条大水牛将煤踩成煤泥浆，开始烧窑时用片柴放在窑的底层，然后糊上一层煤泥，并在煤层上面留一些火眼洞，再在上面铺上一层石料。首先点燃柴火，用柴火引燃煤火，就是依靠这熊熊的煤火来将石料烧成石灰的，就这样一层燃煤、一层石料，往上重复。在那科学技术落后的年代，煤窑师傅是全凭肉眼来掌握火候的，并且几十层煤石的火候，不出半点差错，我们先辈精湛的技术真是令人不可思议。每年的春天一到，煤灰窑便紧锣密鼓地开工了，一时间冷清的窑坪上就热闹起来，牵牛做煤泥的、挑煤渣的、运石料的，他们在窑师傅的统一指导下，各负其责，井井有条。门口窑的半山腰上，几个石匠师傅抡着大锤叮叮当当在敲打着炮眼，要是遇上放炮的时候，大伙准得躲进平房里有楼板的底下，只见石匠师傅点燃爆破的导火索后，猫着腰一溜烟地就藏到山上的石洞里去了。随着几声山崩地裂的巨响，那石子落在瓦屋

顶上，发出的叮当声，真的挺吓人的。

时间虽然过去了几十年，每当回忆起小时候发生在门口窑半山腰的那一幕，仍心有余悸。记得当年老石匠们在半山腰往下抛石头，竟抛出了一条深深的坑道。一天下午我放学回家去门口窑山上捡柴火，当我从这条坑道往上走的时候，老石匠没有发现我，他们将一块几千斤重的大石头，从坑道上抛下来，我一下慌了，马上掉转头，石头往下滚，我竟冲在石头前面往下跑。我无论如何也赛不过石头的速度，眼看石头砸到我身上的时候，我吓得摔了一跤，身子侧倒在了坑边上，大石头从我的脚跟擦过去。煤灰窑上的人一片惊呼，大家惊出了一身冷汗，谢天谢地我总算捡回了一条小命。

在当年烧窑的工地上，大伙干活是非常非常辛苦的，煤灰窑是从底下往上烧的，一层燃煤、一层石料，就像现在人盖楼房几丈高一层一层往上升，在当时没有先进设备的条件下，全靠人的体力，肩挑背扛通过木板树条扎的吊桥，蚂蚁搬家般向窑顶上面运材料。记得小时候，我们常背着大人走上吊桥“过把瘾”，那吊桥一晃一晃的有些像荡秋千，挺刺激的，要是被大人看见了，少不了一顿臭骂。大人们挑上一百多斤的担子，通过这样的吊桥，往窑顶送料，真让人唏嘘又佩服。

记得有一年的深夜，生产队的出工铃突然响起，将大伙从睡梦中惊醒，只听见有人大声呼喊：“灰窑着火啦！”大家一骨碌从床上爬起来，在没有任何消防器材的情况下，全村男女老少一齐上阵，用肩挑水，用手提水，冒着天黑和灰窑随时倒塌的危险，硬是将大火扑灭了，终于为集体挽回了经济损失。

当几层楼高的灰窑封顶后，大家的心里踏实了，半年的辛苦，终于可以换回丰厚的回报。当一担担优质石灰分配到生产队的时候，大伙的脸上流露着灿烂的笑容。这时候最高兴的莫过于我们这些娃娃，每当大人将一担担石灰粉撒在稻田的时候，我们这些娃早已守候在田埂上，不一会儿，稻田里被石灰呛出来的泥鳅、黄鳝翻滚着，不一会儿，溅起了阵阵浪花，一条条活蹦乱跳的泥鳅和黄鳝浮出水面。短短的一个早晨，我们准得装上一鱼篓子。更让人过瘾的是，当煤灰窑出灰全部结束后，那散漏在煤渣里蚕豆大小的小灰粒，就成了我们寻找的宝物。我们将它一粒粒捡起来聚在一起，待它风化成灰粉后，挑到小溪里一洗，不出半个时辰，那深藏在水里的大鱼小虾，就呛得只有抛头露面束手就擒的份儿了。那场景真的令人好不快活。在那生活拮据的年代，真的给我们带来了口福。

几十年一晃就过去了，今天大家早已不再用那种土办法烧当年的煤灰窑了，当年那些参加烧窑的老人也渐渐离去，然而窑坪还叫窑坪，只是曾经发生在窑坪的那些往事，已经随着岁月渐渐被人淡忘。

稻草人

我的家乡坐落在一个偏僻的大山冲里，几十户人家的村庄被四面密不透风的大山团团围在中间。在二十世纪五六十年代，村子里的年轻人，没有走出大山的机会，被困在山里的人们，为了填饱肚子，便打起了大山的主意，向荒山要粮。就这样山上山下成片的荒地被开垦出来了，统统被种上了红薯、玉米、小麦等粮食作物。一分耕耘，一分收获，望着那漫山遍野绿油油的禾苗，大伙是笑在脸上，甜在心里。可就在这时候，半路

稻草人

上杀出一个“程咬金”，那些藏在大山深处的野兽眼红了。它们从林子里溜出来，趁着夜色，大大方方来抢占大家的丰收果实。昨天那齐刷刷的麦苗，一夜之间就被那该死的黄羊、兔子像割韭菜一样偷吃了半边地。在庄稼地里，种的红薯和玉米还来不及成熟，那野猪的嘴就像是一台铲土机，让你颗粒无收。瞧见自己用血汗换来的粮食被糟蹋，大伙的心痛得要滴血。为了保护自己的胜利果实，大伙纷纷出谋献策。村庄上人称“诸葛亮”的水旺大叔双眉紧锁，一个劲儿地抽着旱烟，后来他吩咐找来几捆稻草，大伙真猜不透他葫芦里卖的什么药。不一会儿，一个有头、有身、有手的稻草人便出现在大伙的面前。随后大叔吩咐大家将一个个稻草人扛到昨夜还没有被野兽糟蹋完的地头，用两根粗木棍为稻草人装上两条腿，身上套一件破衣裤，头上再来一个破帽遮颜，真的达到了以假乱真的效果。稻草人的手上还握一根长木棍，木棍上挂着两块破铁皮，风一吹，稻草人在那里摇头晃脑，长木棍上的破铁皮便发出咣咣的声响，瞧它那熊样，真让人啼笑皆非。当夜幕降临，野兽贼头贼脑地来到庄稼地里开始饱餐的时候，一眼瞧见那握着长棍子摇头晃脑的身影，还带着那咣咣的声响，吓得屁滚尿流，掉头逃命去了。第二天，大伙惊喜地发现，有稻草人把守的地里，庄稼没有被野兽糟蹋的痕迹。这一招果然奏效，水旺大叔做的破玩意儿起到了明显的效果。正当大伙称赞大叔足智多谋的时候，水旺大叔的故事又来了：当年诸葛亮借东风，火烧曹营，大败曹兵，脍炙人口的赤壁之战，那稻草人可是立了头功的呀！

在后来的日子里，只要有庄稼的地方，就有戴着破帽，穿着破衣，握着长枪短棍的稻草人的身影。漫山遍野，真是草木皆兵，稻草人就像是一支庞大的卫队，守护着大伙的胜利果实。然而，对于我们这些生长在大山里的野孩子来说，该死的稻草人却让我们吃尽了苦头。记得有一次，邻村放电影，那时候没有电视看，大山里一年也很难看上一场电影。可是去邻村的路上要经过一段非常偏僻的叫作冷水沟的山沟沟。听村里的老人说，那地方晚上太可怕了，有一个不知是真是假的传说。相传有个道人在一个下雨天路过那里，瞧见一个蓬头垢面的怪物坐在一个大石盘上，两只眼睛像一对铜镜，闪着寒光，血红的舌头伸出来足有一尺多长。魔高一尺，道高一丈，道人立刻动用法术，方化险为夷，得以脱身，后来在晚上只要说起冷水沟的鬼话，胆小的人就会毛骨悚然，让人有一种谈虎色变的感觉。然而邻村的电影《小兵张嘎》对我们太有诱惑力了，我们伙着几个同伴，决定铤而走险。过足电影的瘾之后，在回家的路上，我们互相打气，要学习嘎子哥的勇敢和坚强。可是当临近冷水沟的时候，我们还是觉得周身紧紧的。有人便开始往中间挤。人呀！就这样，你越怕，就越觉着有鬼，朦胧的月光下，前面不远处，我们隐约看见一个高大的身影，站在那里摇头晃脑，一对铜镜般的大眼睛，在月光反照下闪闪发光，伸出来血红的舌头足有一尺多长。不好，有怪，吓得我们屁滚尿流，喊爹叫娘跌跌撞撞地逃回了家。第二天才知道，原来是一场虚惊，冷水沟新开了一块大荒地，有人在地头立了一个又高又大的稻草人，“怪物”的眼睛，那是精心装在稻草人眼睛上的小圆镜，血红的舌头是装在稻草人嘴上的红布条。这样精心的设计是专门对付那些胆大和老奸巨猾的野猪贼的，想不到野猪没有吓着，倒把我们这群野孩子吓得半死。在后来的日子里，我们曾多次被稻草人坑得哭笑不得。有一年，隔壁的二叔家种了一块早玉米，我们嘴馋的时候，想到那烤玉米的味道真香呀！几个小伙伴一合计，决定晚上去偷。在一个月光朦胧的夜晚，我和几个同伴贼头贼脑地钻进了玉米地。也许是做贼心虚，当我们正要伸手去掰那玉米苞的时候，一阵晚风吹来，只听见几声咣咣响，我们一时乱了阵脚，纷纷向地外逃窜，慌不择路。突然我的脚一蹬空，“扑通”一声掉进了二叔防野猪挖的陷阱。我摔得头破血流，后来费了九牛二虎之力，折腾了老半天，伙伴才设法将我拉了上来。第二天才知道，又是那个该死的稻草人把我坑了。在后来，我一见到那些该死的稻草人就来火，曾经背着人，踢翻了不知多少个令我讨厌的“家伙”。

当我看到那处处可见的稻草人的时候，就不由自主地想起一桩令人心酸的往事。在十年动乱，“四人帮”横行的年代，村庄上有一个老实善良的年轻人，他有个在城里工作的二叔送了他一台半导体收音机。他得到这样的宝贝，真是爱不释手，每天晚上都收听到很晚，没想到被一个捕风捉影的人知道后，诬告他偷听敌台。这下撞到枪口上了，被那些造反派的头头们找到了把柄，批斗不说，还把他吊在屋梁上，用皮带抽。小伙子由于受不了这突如其来的冤枉和严刑拷打，便上吊寻了短见。可是造反派头头们还不解恨，扎了一个稻草人做替身，戴上高帽子，挂一个写着“叛徒、特务、反革命分子”的大黑牌子去游行，放到台上批斗，用皮带往稻草人身上抽，用脚往稻草人身上踩，最后放把火烧了才解恨。一时间，被大伙视为庄稼保护神的稻草人，被那伙人一歪曲竟成了大坏蛋。

多少年过去了，今天人们的生活已经进入了小康的水平，再也不用向荒山要粮了，往日那些站立于田头地角、处处可见的稻草人早已销声匿迹，然而那些曾经熟悉的身影却一直在我的脑海中时隐时现。最近我听说江南有一个旅游山庄，还把稻草人作为一个文化遗产传承，去打造一个地方的文化特色。我想这也许是件好事，这样可以提醒我们的后人，更好地去了解他的祖辈们那段艰难的历史，记住那些与此相关的辛酸往事。

乡村砖瓦窑

草棚、土屋对我们这些二十世纪五十年代出生的人来说，那真是再熟悉不过了，多少年来它就像是一幅土得不能再土的乡村图画，深深地隐藏在我的记忆里。终于到了二十世纪七十年代末，乡村里有人渐渐开始时兴起青砖瓦屋。再后来一部分先富起来的人，开始学着城里人的样子，尝试着盖起了那种不洋不土的假楼房，因此有条件的生产队便瞄准了商机，见缝插针，争先恐后地建起了砖瓦窑。

我的村庄四面环山，大山上生长着茂密的柴草，有这样的天时地利，建造砖窑的计划很快便得到了落实，并且紧锣密鼓地动工了。在一个靠近山边的地方选好窑址之后，生产队还特意请来了当地特别有名气的建窑师傅，建造砖窑不是一件轻而易举的事，一座砖窑相当于一间大房子，窑墙采用砖砌结构，窑顶也是采用砖块拱券成大圆形，在没有水泥结构的情况下，难度是可想而知的，因此建窑师傅必须具备精湛的专业技术，来不得半点马虎，因为人们装窑出窑都是在窑内作业的，所以大家的安全可不是闹着玩的。

砖窑的底面砌有一个堆放砖坯的平台，风路、火路配套设施一应俱全，窑顶除留有 3 个大烟囱外，还留有一个圆圆的天窗，窑门是用砖块拱砌成的大圆门，乍一看就像是一个很特别的窑洞。

砖窑建好后，制砖做瓦和准备窑柴的工作同步进行。那一年我辍学在家，生产队安排我在制砖组干活。其实制砖的活也不轻松。整个制砖过程都是手工操作，首先我们必须一担担将砖土挑堆在一起，然后担水将土堆泼湿，大人们便牵来一条老水牛，让我踩在泥堆里牵着牛鼻子转，半天下来，老牛就累得口吐白沫，赖在泥堆里打滚，大人们便吩咐我将老牛赶到池塘游水。牛歇息了，可人却不能闲着，大家必须抢在这空隙时间翻锹，也就是用专用的花锹，将泥堆下层的生土翻上来。接下来我们三人一起上阵，用人代牛踩泥，也就是说泥巴踩得越黏，

砖的质量就越好。砖泥踩好后，我们便将砖泥堆集起来。我们三人一组进行了明确分工，我和友生哥、细胖叔三人合成了一伙。手脚机灵的友生哥负责滚泥团，他用一根套有钢丝的泥弓，从泥堆里削下一块与青砖相等的泥巴，再用手滚成一个圆圆的泥团。细胖叔五大三粗，摔砖成了他的拿手活，他双手

水牛

举起友生哥滚好的泥团，用力往准备好的砖模上一摔，然后用钢丝削掉多余的泥片，一块砖坯就成型了。接下来端砖跑腿的差事，就落在我这个半劳力的身上了，从砖场到砖埂，少说也有几十米，我运送着那几十斤的砖坯，必须来回不停地跑，一天下来真的不知要跑多少路。天黑收工的时候，我累得晚饭也懒得吃，就想上床睡觉。母亲瞧我累成这样子，背着人悄悄掉眼泪。要是遇上下雨天，人家往家里跑，我们却要赶着去砖场盖砖坯，因为砖坯根本受不得雨淋。然而做瓦却不是一般常人做得来的。为了筹备瓦场，生产队特意盖了一间有柱无墙通风的大草棚，并且从外地请来了一个做瓦的泥瓦匠。别看这位瓦匠长得像个瘦猴，但他手脚麻利。他用泥弓在泥堆里削下一块长条泥片，套在折叠的瓦桶上，不多不少正合适，然后用泥片刀在瓦桶上糊糊抹抹，一个圆圆的瓦筒便成型了。他一边干活一边哼哼唱唱，一天下来他做的瓦筒摆满了整个瓦棚。我望着他娴熟的手艺，心里说："真是人不可貌相，三百六十行，行行出状元。"

当砖坯瓦坯窑柴备齐后，我们便在窑师傅的指导下开始装窑。当窑装好后，窑师傅便封闭了窑顶的天井，窑门也封闭了，只留一个放柴的洞口。接下来便开始点火。烧窑的差事是非常辛苦的，即使大雪纷飞的冬天，不出半个时辰，准会让你烤得满头大汗，不论是日班夜班，我们都是每人一个小时轮流换岗。为了犒劳大家，生产队还专门为我们准备了夜餐。每当午夜时分，驼背的生产队保管员水旺大叔便提来一小筐子米、辣椒菜、一小瓶菜油，还有红薯粉，当我们在窑棚里七手八脚地忙碌时，那菜油煎薯粉刺鼻的香气让我们馋得直流口水。每当这时，村庄上的单身汉四喜大叔便来到砖窑要帮忙烧窑，有人便逗乐大叔说："四喜叔你大概是冲着窑棚里的香气来的吧。"一句玩笑话羞得大叔脸红脖子粗。

砖窑这家伙的胃口真大，几天下来，几个大柴堆都快被它吃完了。终于从烟囱冒出来的烟带有锅巴味了，这时，从窑师傅的口中传出了话，可以停火了。停火后窑里的红砖，必须经过数天的灌水，红砖才会慢慢变成青砖，我们在窑师傅的指导下，肩挑一担担水从窑顶上的天井往窑里灌。几天后，我们终于盼来了开窑的时刻，丑媳妇终于要见公婆面，大家既兴奋激动又担心。

窑门打开了，满满一窑绿豆色的青砖青瓦算得上特等好货色，一时间大伙乐得合不拢嘴。为了庆祝胜利，生产队特意杀了头肥猪，将窑师傅、瓦师傅请了上座，全村男女老少饱餐了一顿。在后来的日子里，生产队的农活再忙，这座砖瓦窑从未停过火，大家纷纷将茅房土屋换成了青砖瓦屋，终于结束了“茅屋三间、子孙不闲”的时代。今天那些散落在乡间的青砖瓦屋，虽然比不上城里的高楼大厦阔气，但是它成了当年一代人吃苦耐劳、艰苦创业的历史见证。

角皂

闲暇的时候，我在同一些年轻人的闲聊中，曾多次向他们提出带抗议的批评："现在日子好过了，你们这些年轻人也真是不知天高地厚，一天一小洗，两天一大洗，洗个头、冲个澡，那洗的擦的得拎上一袋子，什么去污的、养发的、护肤的，真是五花八门，数不胜数，那些吹得让人简直能返老还童的破玩意儿，少则几十元，多则上千元，真是太奢华了。"话音刚落，那些帅男靓女们立马针尖对麦芒地向我发起了反攻："老叔，你年轻时并不比我们差吧！瞧你现在都这把年纪了，却还有一种老帅的风度。"我苦笑地摇了摇头，"老叔年轻时可没有你们今天的福气啊！那年头一年凭证也买不上两块肥皂，洗头冲澡都是打水漂，大伙洗衣服都是用那榨过油的山茶饼在衣服上拍拍当肥皂，偶尔亲戚朋友送来几个角肥皂，那简直看得像宝贝。"角肥皂是皂角树上结的一种红皮黑籽的扁果儿，不能吃，但将皂角擦在衣服上，会出现少许泡沫，能起到一些去污的效果，因此得名角肥皂。但是同肥皂相比那就差远了，所以当年大伙洗衣时，总也少不了一根木棒槌，衣服上的脏物都是被敲掉的。那时候洗衣服算得上是真功夫。

记得有一年，隔壁张婶的女儿辣妹，有一天早晨在小溪边洗衣时，两个角皂忘了拿回家，后来没找着，为此，张婶和女儿还拌了嘴，辣妹朝娘发下狠话说：“保证还您一筐子。”

辣妹四下打听，终于打听到十里外有个叫李家冲的村庄有不少皂角树。第二天，辣妹便向生产队长请了假。也许是心里装着事儿，这一天她起得特别早，当她风风火火赶到李家冲的时候，天已大亮。村旁的小溪边上，陆续走来了三三两两来洗衣的婶娘婆妈。这是个只有二三十户人家的小山村。辣妹提个篮子，装作打猪草的样子，四下张望，绕村子转了几圈，连角皂树的影子也没见着。当她转到村庄后面一栋单家独院侧面的一处斜坡旁，她的眼前一亮。好家伙，五六棵粗大的角皂树上，累累的角皂压弯了枝头。她轻手轻脚走近大树，像猫一样三下两下便窜上了树。正当她刚刚抓起一个角皂儿要摘的时候，突然从院子里蹿出来一只大黄狗，龇牙咧嘴汪汪叫着朝树底下扑来，此时树上的辣妹一惊，差点没从树上掉下来。正当她不知所措的时候，从院子里走出一位四十多岁的大娘，大娘喝退了

角皂

黄狗，一眼瞅见了树上的姑娘，心里有些底数。大娘担心树上的姑娘有啥闪失，一个劲地安慰辣妹说：“姑娘别怕，千万小心。”此时的辣妹再也辣不起来了，软得像个柿子，闹了个大红脸。她从树上溜下来，垂头丧气凑到大娘面前低头说：“大娘，对不起，俺擅自上树采皂角，都是俺的错。”可是大娘不但没有责备她，而且非常和气地安慰她说：“傻孩子别见外，都是家园出的，你看我这里多着呢。”随后大娘一回头，朝屋里大声喊：“柱子，出来搭个手，帮这位妹子上树采些角皂儿。”话音刚落，从里屋走出一个高个头、白白胖胖二十出头的俊小伙，一双浓眉大眼闪闪有神。当两个年轻人的眼光碰在一起的时候，辣妹只觉心头一热，心怦怦跳得厉害。小伙子手脚非常麻利，不一会儿，就给辣妹摘满一大篮子。大娘还热情地留辣妹在家吃了早饭。辣妹临走时，大娘嘱咐她回去给村上人多送一些，洗完了，再来摘，下次多摘些，要是扛不动，叫俺柱子送送你。辣妹只觉得心里热乎乎的。她朝大娘点点头说，“谢谢大娘。”大娘亲自将辣妹送到村口说，“孩子，大娘等着你。”

辣妹回到家里，将一大筐子角皂儿朝娘面前一放说，我说话算数，丢你两个，还你一篮呀。这下可把张婶乐得直夸女儿辣。打从这次出门后，辣妹只觉着心里甜甜的，话也多了，动不动直夸人家的好，张婶也似乎听出女儿的话中有音，故意逗女儿说，看来这次出门不冤枉呀，相中人家了吧？辣妹头一扭说，相中了咋样？娘朝她一笑说，高兴呗。

打这以后，辣妹巴不得将家里的角皂快些送人，送完了快些去摘。有时候，辣妹也情不自禁地问自己，这是为什么呀？只有她自己心里有数。就像张艺谋导演的现代电影《山楂树之恋》，当年辣妹算得上是自编自演的皂角树之恋了。在后来的日子里，村庄上的人都用上了辣妹家的角皂儿。辣妹巴不得用完就可以到她喜欢的柱子家里跑一趟。一来二往，辣妹和柱子的感情难解难分，当生米煮成熟饭的时候，经过媒人一撮合，辣妹如愿地嫁给了柱子。这下好了，全村上的人都沾光了，大伙扔掉了山茶饼，都用上了角皂儿。后来，辣妹还特意从婆家挑选了几棵皂角树苗带回娘家来，栽植在村边一个山坳上，造福她的娘家人。

多少年过去了，当村庄上那几棵皂角树慢慢长大，皂角压弯了枝头的时候，人们的生活已经起了翻天覆地的变化，市场上各式各样的洗涤用品琳琅满目。大家早已不用皂角儿了，但村庄上那几棵皂角树照样年年开花，岁岁挂果，最后撒落一地。但是大家从未想到要将皂角树砍掉，也许是那些过来人舍不得，留着它，让人记住那些艰难的岁月，还有辣妹姑娘给大家带来的好处。

药王庙

地处长江南岸、赤湖之滨的夏畈镇和南阳乡境内，人文历史悠久，名胜古迹甚多。与铜岭商周古铜遗址毗邻有座名山“仙姑台”，台中有一座庙宇，为“药王庙”，药王庙历来闻名遐迩，信徒蜂拥而至。故曰：山不在高，有仙则名。药王者，姓孙名思邈，初唐杰出医药学家，道教学者，生于581年，卒于682年，享年101岁。今陕西省耀县人，精通老庄百家之学，当时朝廷招他入朝为官，但他谢绝了黄金斗印，愿做四海飘仙。青壮年时他走遍了名山大川，救死扶伤，治病救人，高尚的医风医德和精湛的医术，令他名扬天下。暮年后隐居终南山，闭门著述，著有医方专著《千金方》和养生专著《摄生论》等著作，其中《千金方》在中医史上具有极高的地位，被唐高宗封为药王，到宋徽宗时追封为妙应真人。据史料记载：孙思邈从唐高祖李渊武德元年（618）至武贞观元年（627）九年期间，在江州一带来往频繁，当时仙姑台山上可采百余种中药，因此引来了药王，留下了不少的圣迹。时光荏苒，到了清朝，有天村民吴作湛上仙姑台山中砍柴，时下初秋，尚未解炎，正准备回家时，突然晕倒山泉旁，在迷糊之中仿佛有位长髯白发老人，肩背包袱，手提药篮，来到身旁，将宽叶草塞入其口中，再服泉水，约过半个时辰，他奇迹般的苏醒了，可是老人不见了。这真是九天降仙丹，云外飞净水。从此，他念念不忘，逢人便说是神仙救了他。周围百姓听说此事都感到惊讶，异口同声都说是传说中的药王大仙显灵。为报答救命之恩，他带头聚众在此结庐供奉药王孙思邈。

时为清同治十四年（1888），一天九江能仁寺识初和尚慕名来到瑞昌宝山仙姑台药王庙，他在无意中发现明代明渊道人的石碑，在此供奉过太上老君和药王孙思邈的字迹，遂在此重建，从此传入佛教。由于历史的变迁，几经战火，历经磨难，但佛光仍在普照，药王之神有求必应。该庙历任主持有明渊、作湛、识初、沙弥尼素梅、沙弥尼帷廉、释天峰等。该庙历时五百余年，释天峰主持期间为鼎盛时期。

2011 年，由于仙姑台山中的宝石被政府开发利用，为了更好地保护和传承这一文化古迹，经上级佛教部门和当地政府及

药王庙

附近村民协商，决定选址重建。新址选在距原址五百余米的望母山下罗汉坡旁，基地东临商周古铜遗址，南接白鹤清泉，有玉树环绕，犀牛揽月，为一地的灵神宝地。由在仙姑台山采石的瑞昌恒大石材有限公司资助150万元，在各级地方政府的支持及附近村民的大力协助下，一座高耸之欧式建筑，飞檐翘角，宏伟壮观之仿宋殿堂的新药王庙顺利落成。新建的药王庙规模宏大，建筑面积约3000平方米，前后两进为药王大殿、三圣殿、钟楼、鼓楼，护卫两侧，层台累榭蔚为壮观。

新的药王庙建成后，附近乡民蜂拥而至，他们在此烧香跪拜，缅怀和纪念一代药圣救死扶伤，一心为民的崇高品德和丰功伟绩。

铜岭古铜矿遗址

位于江西瑞昌夏畈镇的铜岭古铜矿遗址，在1988年之前，作为铜岭钢铁厂为人们熟知，即九江冶金总厂的所在地。1988年3月，夏畈镇铜岭村村民在铜岭头修筑公路过程中，发现了大量的古代矿井木支护，同时还有古代采矿用的青铜生产工具。当时原铜岭钢铁厂副厂长知道这一情况后，及时在村民当中收集了一些文物，并带上文物来到瑞昌市博物馆。经专业人员考证后，确认这是一处大型遗址所出之物，随后将这一情况上报到省文物局和省文物考古研究所。经省内专家实地考证，初步确认这是一处春秋战国时期的铜矿遗址。尔后，省文物局将这一情况书面报告了国家文物局。国家文物局当即批准作为1988年全国配合基本建设重点发掘项目，并下发了批复。接着由省文物考古研究所、九江市博物馆、九江市名胜管理处和瑞昌市博物馆联合组成铜岭遗址考古发掘队，于同年10月进驻铜岭遗址所在地进行了第一期考古发掘，直至1993年，先后进行了5次科学发掘，发掘面积共3000平方米。

经过5年的考古调查和发掘认定，铜岭遗址是一处集采矿、选矿、冶炼于一体的大型铜矿遗址，其古代采矿区分布面积约7万平方米，古代冶炼区分布面积约20万平方米，在已发掘的1800平方米范围内发现古竖井103口、平巷19条、马头门8座、

露采坑7处、露天槽坑2个、工棚6处、选矿场1处、围栅2处、斫木场1处，出土石、木、铜、陶等生产、生活用具468件。根据出土文物及碳-14年代测定判定，遗址最早开采年代为商代中期，距今约3300年，历经西周、春秋至战国早期，前后连续开采达千余年，最早开采年代比此前发现的我国最早的采铜遗址——湖北大冶铜绿山遗址要早300年左右。铜岭遗址的井巷开拓系统，巷道支护技术、采矿技术及溜槽选矿技术、冶炼技术、矿井提升技术等在当时已处世界领先地位。铜岭遗址还揭示了中国青铜文化的独立起源，解决了商周时期大宗铜料来源的重大课题。铜岭遗址与江西大洋洲遗址的发现，还纠正了考古界长期认同的“青铜文化不过长江”的错误论断，充分说明在商周时期，长江以南也有像中原地区一样十分发达的青铜文明。

由于铜岭遗址的重大科学价值，1991年被评为中国考古十大新发现之一，2000年被确认为省级文物保护单位，2001年被国务院公布为全国第五批重点文物保护单位，2011年被列入国家“十二五”百大重点遗址保护规划纲要。因其特殊的历史地位和丰富的文化内涵，2006年12月入选《中国世界文化遗产预备名单》。铜岭遗址一经公布后，迅速在国内外引起了巨大轰动，先后前来考察的有美国、德国、日本的考古专家，一时成为历史界、学术界、考古界的中心议题，《人民日报》《光明日报》《中国文物报》《中国文化报》等众多报纸争相报道了这一消息。

为了保护好这一重大发现，当地政府成立了专门的保护机构，2000年瑞昌市成立了铜岭遗址保护管理委员会，2006年成立了遗址专门保护机构——铜岭遗址管理处，具体负责遗址的日常保护、管理、宣传、研究、开发利用工作，颁布了一系列遗址保护法规，划定了保护范围，进行了遗址改道工程，设立

铜岭古铜矿遗址

了界碑界桩。

2009 年在江西省、九江市和瑞昌市的共同努力下，出资 7000 万元将遗址重点保护区内的九江冶金总厂进行整体改制搬迁，并前后资金投入农户征地拆迁安置约 3000 万元，修通高速公路至遗址专用路约 5000 万元，文物保护工程建设约 2000 万元，博物馆工程约 6000 万元，征收国有集体土地 847 亩，拆迁房屋面积 30000 平方米。

瑞昌铜岭铜矿遗址是我国迄今为止发现的年代最早、保存

最完整、内涵最丰富的一处商周时期大型采铜炼铜遗址，是我们的先民用自己的血汗和智慧创造出来的世界上最伟大的采矿冶炼工程，2001年被列为全国重点文物保护单位。为科学保护和利用好铜岭遗址这一宝贵的历史文化遗产，促进瑞昌文化旅游产业发展，市委市政府决定规划建设铜岭遗址公园，目标是将它建成集考古科研、遗址教育、人文旅游为一体的世界级历史文化游览胜地。

铜岭遗址公园由上海同济大学城市规划研究院设计，规划面积2.5平方公里，包括入口管理服务区、科研考古配套区、遗址保护展示区、遗址博物馆展示区、现代矿业展示区、拓展活动展示区、水景营造区、风景恢复区等八个功能区块。

随着铜岭遗址公园的建成，加之瑞昌境内丰富的山水资源、悠久的历史文脉和深厚的人文底蕴，有世界级历史文化游览圣地这张名片，一定能引领瑞昌文化旅游大发展。我们将张开双臂用满腔热情迎接瑞昌文化游览圣地春天的到来。

北山垴

我的家乡蝴蝶冲，坐落在大北山脚下，时间一长北山下就这样的被叫开了。在我很小的时候，就听父亲说起过，北山垴上还有好几个大村庄。在我们这里的北山垴，指的是大北山顶上最高的地方，也叫北山上。听母亲说我的三姑婆家就住在北山垴上。后来我经常吵着要到三姑婆家去做客，可是父亲虎着脸对我说："那条路就像是上天梯，你能走得动吗？等你长硬了脚骨再带你去吧。"

12 岁那年，用父亲的话说，我还远远不够资格去攀天梯。就在这时候，山上有人传下话来，说我的三姑婆胃痛病发作，闹得很厉害。说起三姑婆，我很喜欢也很同情她。记得每逢端午、中秋和春节，三姑婆准得抽些时间来我家，也就是她的娘家住上些日子。三姑婆最爱吃的是母亲做的白馍馍，在我家吃够了不说，回家准得拎上一袋子。三姑婆身体非常差，常年犯胃痛病，瘦得只剩皮包骨，听母亲说，那是北山垴上的人专吃红薯给害的。因为在北山垴上没有田，山下分得的湖田也很少，所以大家的口粮，主要是红薯，吃完了湿薯吃干薯，吃米就像是打牙祭。三姑婆告诉大家说："山垴上晒干薯的季节，就相当于山下人搞'双抢'一样忙。住在山上水源差，只好半夜三更排队去等水，并且将红薯放在盆子里一个一个地搓洗。要是遇上好天气，

切薯丝的家庭主妇就要通宵达旦，根本没有时间上床睡觉。当漫山遍野石盘上撒满薯丝的时候，要是遇上天气突然变坏，那可就热闹了，山上人们抢收红薯点的灯到处闪烁，忽东忽西的，远远望去，真有些像鬼火。”每当三姑婆说到这里的时候，我总喜欢插一句：“北山上真差劲儿。”这时候三姑婆便逗乐我说：“北山垴可好玩呢，站得高，望得远，山下的村庄密密麻麻的，一眼能看到两个省，山下的长江只有蚯蚓粗，轮船就像是一粒绿豆点，等你长硬了脚骨，姑婆就接你上北山垴去看船。”

得知三姑婆病重的消息，母亲很着急，决定抽空去北山垴上走一趟，当时因为我吵得很厉害，母亲背着父亲同意带上我，这下我的高兴劲甭提了。从北山下到北山上的这条路，对于12岁的我说不上如何的崎岖、如何的陡峭，一条羊肠小路，除开石头还是石头，迎着天梯般高低不平的石级而上，它的难度超出了我的想象。不到半个小时，我就累得上气不接下气。就这样跟在母亲身后，我们是歇歇走走、走走歇歇，终于在一个山道的拐弯处，我的眼前出现了一个不大不小的村落，我一时高兴得都快要蹦起来。母亲却告诉我说：“三姑婆的家离这里还远着呢。”母亲的话就像是一盆凉水，让我很是扫兴，也没有兴趣打听这村叫啥名。这是一个几十户人家的村子，村子没有平坦的位置，整个村子都是挂在半山腰上的，更让人感到出格的是，站在后面房屋的场子边上，可以随手摸到前屋房檐上的瓦片，然而我却没有心思关注这里的一切。在母亲的催促下，只好硬着头皮继续赶路。一个多时辰过后，几棵需几人合抱的大枫树挡住了我们的去路，透过一片茂密的竹林，一面面石头砌的墙，茅草盖的顶和一栋栋瓦屋土墙夹杂在一起，隐隐约约地出现在丛林深处。谢天谢地，三姑婆的家终于到了。转过几间屋角，母亲很熟悉地来到了三姑婆的家。这是一间土墙瓦屋，屋子虽然低矮，但是仍有上厅和下厅之分，因就地势而建，上厅比下厅高出许多，这也就是北山垴人住房的独到之处。三姑婆得知娘家的侄媳妇和侄孙来看他，一下子乐得从床上蹦下来，仿佛胃痛病一下子全好了。她不顾俺大表婶的阻拦，非得拖着带病的身子亲自为我们下厨。三姑婆家来客人的消息，很快在村子里传开了，不大一会儿工夫，村子里一波又一波的娃娃们，黄花鱼似的挤满了三姑婆家的屋子。当三姑婆将两碗堆起来要碰鼻子尖的腊肉、山药、鸡蛋合煮的面条端上饭桌的时候，那满屋散发的香气，馋得那些来看热闹的娃娃们直流口水。我还没有动筷，他们的嘴几乎要凑到你的碗边上了。看着他们一个个流着长鼻涕，一张张花猫般的脸，一动不动地注视着我们，尽管一路奔波，肚子早已饿得咕咕叫，但我和母亲都没吃，表现得很尴尬。见到这样的情景，三姑婆一下子来火了，她竟破口大骂起来："山上的女人闲的，尽生一些不长见识的娃，真丢人现眼。"她一边破口大骂，一边拿起扫把像赶小鸡一样往外赶，娃们一下散了。有少数胆大的一边往外跑，一边回过头来骂："野猫婆，野猫婆真坏。"怎么回事？我好纳闷呀！不是传说三姑婆在村子里很权威吗？是谁吃了老虎胆，竟敢给她起这个不伦的歪名呀。

既然好不容易来一趟，按照三姑婆的规矩，我们最少要在她家住一宿。这一晚，三姑婆不像是个有病的人，她将母亲拉坐在床沿上，张家长李家短，什么邓家亲家母、张家同年娘的唠个没完没了。原来呀，我的三个表叔娶的三个表婶，都是北山垴的女孩子，也许北山垴的男人难娶山下的女人，北山垴的人便私下立下了自己的规矩，山上的姑娘只准嫁给山上的小伙子，肥水不落外人田嘛。然而我就搞不懂我的三姑婆，当年一个山下的大家闺秀，却嫁到北山垴上做了媳妇。

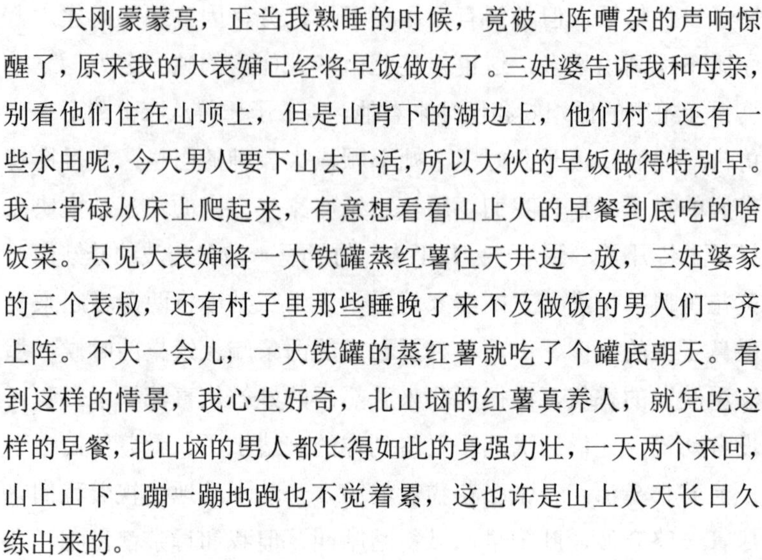

天刚蒙蒙亮，正当我熟睡的时候，竟被一阵嘈杂的声响惊醒了，原来我的大表婶已经将早饭做好了。三姑婆告诉我和母亲，别看他们住在山顶上，但是山背下的湖边上，他们村子还有一些水田呢，今天男人要下山去干活，所以大伙的早饭做得特别早。我一骨碌从床上爬起来，有意想看看山上人的早餐到底吃的啥饭菜。只见大表婶将一大铁罐蒸红薯往天井边一放，三姑婆家的三个表叔，还有村子里那些睡晚了来不及做饭的男人们一齐上阵。不大一会儿，一大铁罐的蒸红薯就吃了个罐底朝天。看到这样的情景，我心生好奇，北山垴的红薯真养人，就凭吃这样的早餐，北山垴的男人都长得如此的身强力壮，一天两个来回，山上山下一蹦一蹦地跑也不觉着累，这也许是山上人天长日久练出来的。

然而中餐就有些讲究起来，早晨男人下山干活去了，做中饭和送中饭的差事就留给了山上的女人们。用山上人的话说，山顶上的大米饭呀都是挂在扁担上挑到山下去吃的。临近晌午，负责送饭的女人们就挨家挨户地吆喝：“送饭啰，送饭啰。”也许山上的女人也爱面子，也有攀比心，她们一个个从家里端出来沉沉的一大饭罐白米饭，即使有红薯丝也会藏在罐底下。她们不但比饭，而且比菜，望着菜盆里的小鱼炒辣椒和腊肉条煎薯粉，真让人嘴馋。她们不但比质量，而且还比数量，人是铁，饭是钢，北山垴的男人肚子大，一顿没有升把米，那可是填不饱肚子的。

记得有一年闹大旱，北山垴有一个大村庄传下来了坏消息，山上已经缺水了，那年正巧遇上公社宣传学习雷锋做好事，北山下的人提出了一个惊天动地的想法，给北山垴上的人送水分忧。一条长龙般的送水大军穿过崎岖陡峭的山道向北山垴挺进。当一担担爱心水到达山顶的时候，山上人和山下人拥抱在一起，那场景呀，好生动人。后来北山坳上的人为了感谢北山下人的帮助，决定派出山上的文艺宣传队下山搞慰问，当我看到北山坳上的文艺宣传队的姑娘，一个个天仙似的，我的心真的要醉了，难怪有人曾夸张地说：“山上出观音，山下是妖精。”这话似乎有些过头，但也不是没有一些道理。然而唱者无心，看者有意，事后我在心里默默立下誓言，一定要找一个山上的姑娘做对象。后来在一位山上亲戚的帮助下，我终于如愿以偿，做成了北山坳上的新女婿。就这样我从山下到山上的机会就更多了，时间一长，我竟然练出了一双好腿脚，从山下到山上，从山上到山下，我也一蹦一蹦地跑得比兔子还要快，不知情的人也许误会我是一个地地道道的山上人。

到了 20 世纪 90 年代末，北山坳上似乎发生了大地震，突然天摇地动，他们开始一窝蜂地纷纷迁离了自己的家园，而且迁到了不同方向。往日喧闹的北山坳上的大村庄，如今已是人去屋空，留下的残墙断壁，真是满目凄凉。也许等到几十年以后，人们再也看不到北山坳上曾经住过人的痕迹，然而只有那些渐渐老去的村名，还在回忆那些慢慢淡去的往事。啊！我熟悉的北山坳。

一个疯人感动了我

一年一度的春节后返厂，每个企业都将面临用工荒的挑战。我受厂里委派，在厂门口放了一张小条桌子，桌子旁边竖一块不大不小的招聘广告牌，面朝着来来往往的人流，坐在那里守株待兔。招工牌子上醒目的红纸黑字，有些人会停下脚步大概的看一眼，有些人却不屑一顾。闲暇的时候，我便找来一张报纸，一本书，坐在那里装模作样地翻阅着，由于平时也喜欢写点什么，所以就一边看书，一边往本子上记点什么。乍一看，倒是给人有一种假假先生的感觉。就在这时候，前面不远处，一个留着长头发的男人，嘴里念念有词，手舞足蹈地向我走近。他的不寻常举止提醒了我，他的脑子有病。我的心里一紧，有意采取回避，但是已经来不及了，他已经来到了我的跟前。我非常的害怕，担心他摔我的牌子，砸我的饭碗，但出乎我的意料，他不但没有向我施暴，而且很有礼貌地微笑着向我搭话。也许疯人也喜欢文人，当他看到我面前放着书和报纸的时候，向我伸出了大拇指，并且嘴里念念有词地把我称赞了一番。当他看到报纸上有一篇“爱心助学”的文章时，突然乐得手舞足蹈起来，嘴里还不停地念叨“好样的，好样的”，随后他在自己的上衣口袋里摸了老半天，出乎我的意料，他竟摸出了两枚硬币，然后恭恭敬敬地放在那篇写有“爱心助学”文章的报纸上。我一时间蒙了，我怎么能收他的钱？但我又没有理由拒绝他的钱，就在我进退两难的时候，他向我笑着一抱拳走了。他嘴里仍是念念有词，听不清他到底说的啥意思。我目送他一路手舞足蹈的样子，马上掏出了手机，拍下了他——一个精神失常人远去的背影。它就像一盏明灯，照亮了我的心灵。

文章与人品

2015年6月7日，随着一年一度的高考如期开考，向来备受关注的高考作文题终于揭开了神秘的面纱。与时俱进，创意新颖的作文题目一时间成了考场内外的热议话题，引起了社会文化人士的广泛关注。此时在浙江打工的我，翻开报纸发现，今年浙江高考作文是个材料题，题目自拟，材料如下：

> 古人说：“言为心声、文如其人”，性情偏急，则为文急促，品性澄淡，则下笔悠远，这意味着作品的格调趣味，与作者的人品应该是一致的。
>
> 金代元好问《论诗绝句》却认为，“心画心声总失真，文章宁复见其人”，艺术家笔下的文雅不能证明其为人的脱俗，这意味着作品的格调趣味与作者人品有可能是背离的，对此你怎么看？

《温州晚报》三位高颜值作家，瞿炜、马伊、范晨重当高考生，他们在规定的时间内各自完成高考作文，由“文如其人，还是文不如其人”展开了探讨，表态：1.“为文如为人，须有敬畏心”；2.“文章与人品就像花与果”；3.“文章是化了妆的女人，难见容颜，何况人品”。到底是文如其人还是人文不一？他们纷纷亮出了自己的观点，各抒己见。我不是文化人，一辈子与高考无缘，没有资格对此品头论足，但是我向来喜欢追赶新潮，为此也想挤进人群凑凑热闹。

我不是文人，一辈子与文章没有缘分，我的职业——农民，小学毕业文凭，由于种种原因，与文字隔绝近半个世纪，在文化知识普遍提升的今天，我也许与文盲只有一字之隔。然而当进入老龄后，我突然心血来潮，要将自己坎坷人生中所经历的苦辣酸甜用文字的形式记录下来，也就是说，我要写文章了。不知情的人也许要骂，这个老疯子，真是不自量力，然而开弩没有回头箭，我克服了种种意想不到的困难，利用自己少之又少的业余时间，一口气滥竽充数的写了一箩筐，至于水平咋样，我不好说。在朋友的鼓励下，我将一篇《宽容也是一种快乐》的稿子寄到了报社，出乎我的意料，这篇作品很快见报。我欣喜之余，百思不得其解，就我这水平，但是很快我便悟出来一些缘由。这篇作品是写我在十年动乱期间一件亲身经历的真实故事，那一年我 14 岁由于出身问题，便辍学在家，一天我去邻村山上拾捡干柴，不料被几个在山上锯板的人看见，其中一个高个子看我不顺眼，诬陷我是破坏森林的坏分子。他揪着我的耳朵，亮出了两条路，要么挂个大黑牌子挨家挨户去游行，要么将他们刚锯好的一块两米长一米宽又湿又厚的枫树板，送到树林外他们生产队的仓库里去。我选择了后者，当两个大人抬起那块木板压在我身上的时候，那滋味真是生不如死，我虽然咬紧牙关完成了任务，但却落下了终身的病痛。他们这种残忍的行为，一时间让我刻骨铭心，蒙上一层抹不去的阴影。然而无巧不成书，后来我心目中的这位恶人，竟成了我堂弟媳的爷爷。新亲家过门，我们坐在一起推杯换盏，我想现在都成亲戚了，过去的事就让它过去吧，心中的这个“结”该放下了，于是我

就写了这篇《宽容也是一种快乐》。我的这篇作品能够见报，我想报社主编看中的是稿子的思想。在当今发展经济的社会，难免有些人，为势力之争而产生某些偏见和积怨，通过这篇文章去启发他们，少一些积怨，多一些宽容。当你放下积怨后，宽容就是一种非常快乐的享受。在后来短短的两年时间里，我抽空写了很多作品，并且发表率相当可观。其实我并没有什么文学天赋，我的作品成功之处说明，在我面对坎坷，甚至受到各种歧视的人生中，我没有采用抱怨悲观，或自暴自弃的消极态度，而是积极地甚至用一种感恩回报社会的积极心态去面对未来，我把写作当成了一种责任，我努力去构思人世间的人情冷暖和真善美，写那些助人为乐的好人好事，写人民教师的兢兢业业，着力描写20世纪五六十年代那段艰难的岁月，提醒人们，不要忘记过去，要更好地珍惜今天。2014年，我将我的大部分作品聚集在一起，编成了一本样书，我试着送给那些学生、青年、老年、打工族和教师，向不同的人群征求意见。他们一致认为，作品朴实动人，有人甚至风趣地说："你的这些作品好像不是你这个年龄段写的呀。"我听后暗暗庆幸，为自己仍保留着年轻的心态而欣慰。我有个在学校任教的朋友，他的文学底蕴很深，曾发表过很多作品，我经常在他面前抱怨自己的功底太差，稿子经常出现错别字和标点符号不规范。当他看完我的样书后，特意给我发来短信说："课余时间看到你的文章，很过瘾的，你提到的问题，真是瑕不掩瑜啊。"我知道他这是在鼓励我，我不能辜负众望，经常告诫自己，今天我好歹也是一位学写文章的作者，自己的作品就像是一面镜子，要照着自己走稳每一步，要想写好作品，必须学会先做好人。因为能感动人的文章是从心里流出来的，一位作者只有将作品写到读者的心坎里，大家才愿意读你的书，敬畏你，花枝只有长在健康的树上，才能开出旺盛的花朵，只有好花才能结出丰满的果实，一切浮躁虚伪的作品，就像是一束插在瓶子里的花，它虽然一时芳香四溢，但很快就会凋谢被人遗忘，而长在泥土里有根有叶的花朵才有它的生命力。我想作者就像是一个掌灯的人，文章就像是一盏灯，在漆黑的夜晚，掌灯人只有高高地亮起那盏灯，才能既照亮别人，同时又照亮自己。

打 工

我是属龙的，按理说，在我年轻的时候，也赶上了下海闯荡的好机遇，可我是正月生的。算命先生说我是假属龙真属兔，这话似乎有些道理，兔子专吃窝边草，我一辈子只知道围着大山打转，没有勇气迈出大山半步。

2013 年，我终于下定了决心、鼓足了勇气，随着家人来到了一座走在改革开放前列的沿海城市。第一次走出大山的我，眼前呈现的是浩瀚的大海、繁华的闹市，这一切让我感到特别新鲜又好奇，外面的世界大得超出了我的想象。当我走进打工族这个大家庭的时候，现实化解了我往日的误解，打工的人不是整天抡着大锤去敲打铁板，在黑暗潮湿的地下作坊，干着过去下煤窑人干的苦活，或是专干建筑工地那拌泥担砖的苦差。当我走进打工族的时候，我终于长了见识，大开了眼界，在城市交通运输的线路上，那些开公交车和出租车的师傅们，娴熟地驾驶着车子，各行各业开店的生意人用和气生财的笑脸，迎送着购物的顾客，城市的保安协警，为确保一方平安兢兢业业，大街小巷的环保和清洁工人，他们用辛勤的汗水让城市更加美丽和整洁。原来他们都是来自祖国四面八方的农民工。更让人唏嘘不已的是，那些大公司的老总和经理、高管和白领，别看他们穿着入时，有房有车，有自己的公司和产业，他们也是从打工族中打拼出来的佼佼者，打工族、农民工，是他们为这座城市撑起了半边天。

随着城市建设的飞快发展，今天这些沿海城市，每个企业都将面临用工荒的挑战，尽管我已步入老龄，在一家专门生产外贸服装的公司里，我很快找到了一个合适的岗位。原本想我这个与服装打了大半辈子交道的老师傅，可以潇洒走一回，然而当我面对车间里那各种款式的先进设备，我这个所谓服装行业的老前辈却一筹莫展，束手无策。看着车间里那些年轻工人娴熟的制衣技术，我这位大爷级的人物，只能为他们搬搬布料，整理辅料，做个搭手而已。是呀！一切都过时了，我已经错过了打工的黄金季节。

在宽敞明亮的制衣车间里，机车轰鸣，设计、打版，排料裁剪、缝制、整烫，验收、打包，每道工序有条不紊，车间里一派忙碌的景象。从事服装缝制既辛苦又枯燥，每天都是上班、下班，再加班，夜以继日围着机器打转。用大家的话说，时间就是金钱，钞票是用时间磨出来的，当一车车布料拉进来，一车车服装拉出去的时候，辛勤的汗水，终于换回了丰厚的回报。等大伙领回那叠厚厚的钞票时，所有的疲劳和烦恼瞬间没有了，人人脸上都流露出开心的微笑。

听厂里的老大姐们说，当年她们刚从老家出来打工时，都是二十多岁的妙龄女子。在老家待不下去了，为了能让家里过得好一点，就舍弃自己的父母和儿女，背井离乡，走出了大山，来到了这座陌生的城市，也不知吃了多少苦。想家的时候，真不知道流干了多少泪。老天保佑，她们好歹总算熬过来了，这一熬整整二十多个年头。想当年骑自行车的老板，如今已换成了宝马车，也早已迈进了小康的生活。如今她们的子女已经长大成人，有的已经学业有成，有的已经成家立业，有的甚至在

城里购了房、买了车。按理说她们已经辛苦了大半辈子，也该回家歇歇了，可她们却开起了玩笑说，在外面打工久了，早已适应了，似乎也有家的感觉，好像家乡是娘家，现在打工的地方成了婆家，心里挂念着两个家。在外时刻都在想念着家里的亲人，春节回家待上一阵子，却总是牵挂着城里的那些活儿。既然嫁出来了，就再挺一阵子吧，等挣足了养老的钱就回老家，带带孙儿孙女，种种菜园，过上田园生活，好好安享晚年。打了一辈子工，老了不缺钱花，才有面子啊！

情感的距离

20 世纪 90 年代初，一些下海闯荡的人攒到了大钱，向来有些争强好胜的妻子再也坐不住了。这一年，我几乎是被她赶出了家门。记得出门的那天，我背着她精心为我打点的行装，在乡邻一声声“出门发财”的恭维声中，三步一回头地走出了村子。

当我从县城登上那辆开往广东深圳的大巴车时，为我送行的妻子一言不发，我从她严肃的眼神看得出，她在一遍又一遍地向我发出信号，一定要坚持到底，不能半途而废。当大巴车启动的那一刻，我从迷茫中清醒地意识到，只有硬着头皮往前走，我已经没有退路了。车厢里挤满了形形色色的人，他们都怀着下海淘金的欣喜，而我无论如何也高兴不起来。由于堵车，大巴车停停走走，走走停停，我的心情就像大巴车一样沉重，因为我的心还停留在那个与我朝夕相处的小山村里。

由于出身问题，三十岁我才娶亲成家，幸运的是婚后不久，我便先后生下一对儿女，有家的感觉真好！每天当我收工回家，看到孩子们那天真活泼，淘气可爱的样子，我就似乎忘记了一天的疲劳。和孩子们在一起的日子，总是给我带来许多说不出的开心和快乐。我在心里默默地发誓，我一定要一辈子陪伴在孩子身边，去关怀和呵护他们。

然而，一些早年下海闯荡的人攒到了钱，便在家乡炫耀地盖起了小洋楼。这下妻子真的眼红了，因为我的小弟三年前就去了深圳一家服装厂打工，所以妻子开始一遍又一遍地催促我赶快行动。我因为舍不得离开孩子，便编出许多理由去开导妻子："孩子们还小，你一个女人家怎么能照管得过来，我在镇上开的服装店，虽说赚不到大钱，但养家糊口不成问题。"妻子马上打断我的话，一本正经地说："你就安心外出攒钱吧！家里我会安排照管好的。"我瞅着妻子不依不饶的样子，心里说，完了，看来已经没有商量的余地了。

大巴车停停走走，行驶了二十几个小时，才好不容易到达了平湖车站。我第一次出门，小弟早已来到车站等候，我们转乘公交车入关进入深圳市区。当年的深圳是走在改革开放最前列的沿海城市，一片片新建的高楼大厦拔地而起，到处闪烁的霓虹灯让人眼花缭乱，大街上拥挤的车流就像开闸的洪水在流淌，眼前处处都是年轻人的身影。他们步伐匆匆，穿着白衬衫套领带的男士们，修长的裤腰上，别一个叫大哥大的玩意儿，年轻的姑娘长发齐肩，雪白短衫，黑色短裙，锃亮的高跟鞋，走起路来嘎嘎作响，那神气劲真让人羡慕不已。眼前的一切真让人有一种充满朝气和活力的感觉。难怪当年有人说："深圳就是小香港。"这话真是名不虚传。

小弟租住在市区一户私人住宅楼梯间下面的空隙里，由于放不下一张床，所以只能搭一个地铺，唉！真是天宽地窄。第二天我便催着小弟帮我找到了工作。这是一个小作坊，厂里虽说包吃住，但住的却是非常的糟糕。因一时难以办到暂住证，遇到有人来检查时，大家只能东逃西窜躲猫猫。厂子主要是依靠来料加工，兼做一些厂服和酒楼服之类，车间里十几个女工操着不同的口音，和我年纪相当。初次出门，我表现得非常的低调和谦和，很快便和她们打成一片。

离家才数日，我却仿佛相隔了很久，虽然身在千里之外，但家里那些大事小事时时刻刻都让我牵肠挂肚。安顿下来后，我马上想到要给妻子写封信，我在信中反复嘱咐妻子，不要只顾农活而疏忽了照管孩子，并提醒妻子接到信后马上回信。当我将那份沉甸甸的信件投向邮箱后，我扳着指头数，一天、两天……我似乎觉得时间过得特别的慢，一晃半个月过去了，我没有收到妻子的来信。也许是信件搁在村委会没有及时派送，也许是妻子一时太忙，没有时间回信……我忐忑不安，至今还清楚地记得，二十天后，当我在车间里，有人给我送来了妻子的回信，我用颤抖的手拆开信封，读着妻子那写得歪歪扭扭却充满关心的话语时，我的眼泪瞬间就像是断了线的珍珠，我竟失控地哭出了声。在场的工友也触景思情地想起了家人，陪着悄悄流眼泪。在后来的日子里，我基本上是不间断地鸿雁传书。

在车间里我从工友那里得到消息，在深圳罗湖区的电话大厅里，可以往家里打电话，只是话费昂贵，我摸摸口袋，从家里带来的几十元分文未动。我按工友指点的线路，费了很大的周折终于找到了电话大厅。电话大厅里有二十多部电话，每部电话都安放在只容得下一个人站立的玻璃间里。电话大厅里人山人海，每部电话后面都排起了长龙。几个小时后，终于轮到了我，当我拿起话筒差不多花费了十多元钱的代价才拨通了村支书家的电话，并且求娘娘拜奶奶的求他捎个口信，通知我的妻子带上孩子明天上他家等候我的电话。那一夜，我虽然加班到很晚，却一夜难以入眠。第二天，我便早早地赶到电话大厅，妻子和孩子们已经早早地等候在那里，当我拨通电话，听到妻子和孩子们那熟悉的声音时，我的喉管发硬，激动得半天答不上话，好长一段时间我的心才平静下来。随后我千叮嘱万叮嘱，

手里的话筒总也舍不得放下来，后来一计费，三十多元，但是我觉得值。

后来，我每天晚上加班到凌晨三点，几乎是豁出命来干活，我要用我攒来的辛苦钱，回家也盖一栋楼房，让我的家人过上好日子。因为我进厂晚，当别人都使用电动缝纫机做活，厂里只给我一台脚踏缝纫机，由于我的勤奋，月底发工资，我也同样拿到了一千元，不比她们少。一千元在当时那是什么概念呀！我高兴得忘掉连日来的疲劳，只留下给妻子打电话的钱外，一分不少地寄给了妻子。我猜想着妻子收到钱后，该是多么的高兴啊！不久，村子上也有一户人家安装了电话，这下真的给我提供了方便，接下来我便隔三岔五地在晚上给妻子打电话。一天晚上，我拜托那户人家捎个口信让我妻子来接电话，那户人家回来后悄悄告诉我，由于妻子前段时间生病误了农时，现在摸黑抢收稻子还没回家。我一听蒙了，天哪！都九点啦！我的孩子在哪里呢？我想着两个孩子无人照管那孤苦伶仃的样子，我的心真的好痛。我再也坐不住了，在没有通知妻子的情况下，不顾老板和工友们的苦苦挽留，我很快地辞了工。记得当时往返深圳的大巴车人多车少，超载非常严重，我虽然在车上站了近二十个小时，但心里却感觉特别的踏实。

常言道，人要脸，树要皮，我就像是一个败下阵来的逃兵，我怎么有脸面见妻子？大巴车是早晨到达县城，我便故意等到天黑才敢回，就像一个罪人一样，轻手轻脚地推开了门，心里想要打要剐，听天由命吧！妻子见到我后，不但没有指责我，而且还含情脉脉地望着我，很心疼地说："都瘦成这样子。"我一时真的恨不得给她跪下磕个响头，抱她亲一口。那一夜我是紧紧地搂着我的两个孩子进入甜甜的梦乡。在后来的日子里，我同妻子心往一处想，劲往一处使，经过两年的努力，我们终于乔迁新居，住进了朝思暮想的楼房，一家人团聚在一起，其乐融融。

时间过得真快，一晃二十多年过去了，社会发展真是天翻地覆，很多时候，你还没来得及回望，新的事物便迅速来到你的面前。在乡下人正在轰轰烈烈翻盖楼房的时候，一部分先富起来的人又一窝蜂地涌向了城里。这时我的两个儿女已经长大成人，受打工潮的影响，他们读完初中后，学会了服装缝纫技术，纷纷外出打工。几年后女儿出嫁成了家，儿子继续在服装行业一路打拼，并步上了管理岗位，而且很快在城里买了房，后来还买了车，实现了我这当父亲的一辈子也无法实现的梦想。当然我也并非甘心闲着，除了继续经营我的服装小店，接送我的孙儿孙女上学，还种了几亩田地，另外还兼任了一个生产小组长的头衔，虽然有时觉得辛苦，但是生活过得特别充实。

人到了老年，闲下的时候，总喜欢前思后想，经常回想当年与父母兄妹在一起的日子，生活是那样的困难。我的父母老实巴交，从未见过世面，人说长兄当父，当年为了图兄妹有出息，我曾经跪在父亲面前替小弟、二妹求情，让他们得以重返学校，并力所能及地帮助大弟、小妹，如今他们学业有成，有房有车，我这当兄长的打心眼里高兴啊！

想起当年自己读小学时，我这位自称学霸级的人物，对作文是那样的爱好和迷恋，要说当年只顾自己奔前程，不顾当年的大家庭和后来自己的小家庭，也许今天我已是作家。为了顾及大家的利益，忍痛割爱，我问心无愧。2013年，我生了一场大病后，为了圆深藏在心底的文学梦想，我一时心血来潮毅然地拿起了笔，开始了自己的业余写作。我克服了种种意想不到的困难，在家人反对和谴责声中仍然坚持下来。出乎我的意料，在短短的时间里，我的作品竟能纷纷见报，正如一位特别要好

的诗友欣喜地给我发来短信说：“老兄：在这样短的时间里，能得到诸多行家和编辑的认可，堪称奇迹！”正当我沾沾自喜的时候，在浙江温州打工的儿子传回消息，因他在一家服装厂担任厂长，厂里急需两个人手，让我和他妈前去应聘，因为厂里可以为我二老办理养老保险。突然得到这样的消息，我不知所措，有些进退两难。一辈子不愿外出打工，到了老年却要重返打工路。更让我顾忌的是，会不会对我写作有影响。不去吧，儿子的想法也合情合理不便驳斥。思前想后，我还是下定了决心，待儿子将孙儿孙女安排寄读在我那当教师的二妹家，我便丢开家里的一切，同妻子一道踏上了开往温州的列车。

在温州的日子里，和妻子、儿子、儿媳、女儿在一起，我才有家的感觉。但是时间一长，两代人长期生活在一起，难免有些磕磕碰碰。我并非倚老卖老，在工作上由儿子领导没有什么拉不下面子的，我也自称是个知书达理的人，在工作上我是百分之百的愿意服从儿子的。我也非常清楚，在很多方面，我是远远不如他的。长江后浪推前浪，一代胜一代这是好事呀！可是在生活方式和某些观点上，我们存在一些分歧。现在的年轻人争强好胜，追求物质生活，而我却时刻强调要厉行节约，安分守己和知足常乐。有时我也百思不得其解。记得当年我去深圳打工，虽然路途遥远，心却和孩子贴得很近，今天相距很近，情感却显得遥远。过去生活是那样的贫苦，情感却是那样的丰富。今天生活是这样的富有，人的感情竟是如此的贫乏。特别是在工余，当我在车间里拿起笔重操旧业的时候，却得不到认同，反而落一个不务正业之嫌。我知道老天爷给我的时间已经不多了，我要在我的有生之年，用我的笔来表达我的观点。在当今轰轰烈烈的经济大潮中，务必要保持一个清醒的头脑，财富是天使，也是魔鬼，用得不当，会让人走向堕落，人要学会修身养性，行善积德，增强人的品行修养，懂得厚德载物。当然也应该鼓励年轻人奋发图强，与时俱进。当今长辈与晚辈之间形成的某些误解和隔阂，我想来源于两个不同年代那太大的差异形成的烙印，只要多多地进行沟通，一切都会好起来的。

堂婶

堂叔走了，留下了堂婶，听村里的老人说，堂婶两岁的时候，就被抱到堂叔家做了童养媳。堂叔的母亲对堂婶很苛刻，当堂婶还没有长大成人的时候，一大摊子的家务活全撂在她身上。捡柴、做饭、洗衣、喂猪、打猪草把个堂婶整天忙得团团转，然而打发她的却是一些剩饭剩菜。听人说，连过年也要堂婶先吃两个红薯后，才准吃年饭的。后来轮到堂婶当家，她却对年迈的婆婆非常孝敬和体贴。堂叔的母亲晚年瘫病在床三年，堂婶递茶送饭，接屎接尿，毫无怨言。夏天有空的时候，她便坐在婆婆的床沿上为婆婆扇风，冬天担心婆婆一个人睡不暖，就同婆婆睡一张床，婆婆逢人便说："遇上这样的好媳妇，是我前世修来的福啊！"婆婆临终前泪流满面留下一句话，"闺女啊，娘对不起你，亏待你啦。"堂婶连忙说："娘，别这样，谁叫我是您的儿媳妇呢，当年我两岁被您抱过来，也是您一把屎一把尿把我拉扯大的呀！"

堂婶生了六个孩子，四男二女，在20世纪五六十年代，生产队几毛钱一个劳动日的时候，维持这样一个大家庭，困难是可想而知的。没有钱买煤油，堂叔就砍些松明子拿来照明，没有盐就用辣椒代替盐。可怜的堂婶白天劳累了一天，晚上还要借着松明子灯为孩子们做鞋，缝补破衣服。特别是在“三年困难时期，”堂婶总是将仅有的几两米，留给孩子们熬粥汤喝，自己吃野菜充饥。记得她不止一次饿晕在水库的工地上。后来实在没办法，堂叔的母亲私下将一个孙女送了人家，女儿是娘的心头肉，堂婶知道后，简直要疯了，每天以泪洗面。后来，她终于打听到了女儿的下落，将女儿抱了回来，她紧紧地搂着女儿不放，嘴里喃喃地自语道：“闺女啊，娘离不开你呀，就是饿死也要死在一起。”常言道母爱无疆。听说有一次，堂婶在深古井旁边的小池里洗衣服，最小的女儿在一旁玩耍，过了一阵子，堂婶一回头，发现小女儿不见了。当时已是冬天，井边结了冰很滑，小女儿不小心一脚滑进古井里去了。堂婶大叫一声，一头跳进井里。好在时值冬天，小女儿身上穿着棉袄，没有很快下沉。堂婶拉起全身湿淋淋的女儿，将她贴在自己的胸口上，一只手紧紧地扳住井边凸出的石头。是母爱的力量让她坚持下来，终于盼到有人来井边打水，才将她们母女俩救起来。

堂叔家的孩子多，照堂叔的意思，只要能将他们养大成人，就该谢天谢地了，可是堂婶却不这样认为，她说再苦再难也得让孩子们念些书，千万不能像俺这一辈子，是大字不识一个的睁眼瞎。后来尽管孩子们没有念到啥出息，但无论是儿子，还是女儿都读到了初中毕业，用堂婶的话说，手心手背都是肉呀！儿女们一个个长大成人了，堂叔堂婶又为他们男婚女嫁的终身大事操碎了心。儿女们一个个成家立业后，按理说劳累了一辈子的堂叔和堂婶也该歇歇啦，然而更艰难的任务等着他们去担当呢。这时候已经到了改革开放的年代，农村很多年轻人纷纷进城打工赚钱，照管孙儿孙女的重担又落到了堂叔堂婶的肩头上，真是可怜天下父母心！待到孙儿孙女都陆续长大成人，堂

叔和堂婶真的已经很老了，特别是堂叔的身体突然糟糕起来。儿女们都很忙，尽管堂婶体弱多病，照料堂叔的重担自然地又落在了堂婶的身上。堂婶每天为堂叔按时煎药熬汤，变换着花样为堂叔调整胃口，勤洗勤晒衣被，件件做得体贴周到。晚上堂叔躺在床上睡不着的时候，堂婶就陪着他说说话儿，他们将过去那些陈芝麻烂谷子的事儿翻箱倒柜统统抖出来，一聊就聊个没完没了，那些已经过去的往事，今天回忆起来，也是一种享受。冬天有太阳的时候，堂婶总喜欢与堂叔手牵着手在山间小道上散散步，或是坐在避风的屋檐下晒太阳，就像一对初恋的情人一样恩恩爱爱。有一次堂叔歉意地对堂婶说："真是难为你了。"堂婶微微一笑说："谁叫俺是夫妻呀！"堂叔叹口气说："我是好命呀，有你照料我，可是你将来怎么办？"堂婶爽快一笑说："还有儿子儿媳呗。"堂婶说的也并非没有道理，有她做娘的为大家树立了一个尊老爱幼的榜样，儿子媳妇也该是很有孝心的。堂叔走了以后，四个儿子先后迁到城里去居住，堂婶也只好跟着孩子进了城，住进了小高楼，在四个儿子家轮流住。由于腿脚不方便，堂婶也只好让孩子们送吃送喝。一辈子闲不住的堂婶显得很无奈，用堂婶的话说，人老了有啥法子啊！近些日子，我出了趟远门，回来后，听说堂婶被送进老年托管中心，也就是敬老院，敬老院的条件很不错，费用由儿女们共同负担。一天我抽空去看望她，只见往日开朗泼辣的堂婶，一个人坐在那里对着墙壁发呆。她发现我来了，亲热地拉着我的手问长问短。我逗堂婶说："你对着墙壁想啥呀？"堂婶告诉我说，她非常想回家，想回到她那住了一辈子的老屋去，想念已故的堂叔，想她的儿子媳妇，还有她的孙儿孙女。我忙问堂婶，"这里难道不好吗？"堂婶忙说："这里条件很好，有吃有喝，梳洗有专人伺候，但就好像是住在亲戚家，横竖觉着不自在。”我连忙告诉她，“我们已经付了钱的。”堂婶停了停说：“钱是买不来亲情的呀！”临走时，我无奈地握了握堂婶的手，只见两行伤心的眼泪从她的脸上滚落下来。

红灯笼

记得小时候，每当临近春节，父亲就是再忙，也得抽出些时间，抢在大年三十前，为我们兄妹每人都做上一个小小的红灯笼。在那勒紧裤腰带过日子的年代，长辈是没有能力给孩子们提供压岁钱的，小小的红灯笼，就成了大人们送给孩子最好的新年礼物。

父亲做的红灯笼当然是不需花钱的，砍来一棵小毛竹，锯上几截竹筒，再削些竹条和竹篾丝，不需要花费太多的时间，小小的灯笼架就成型了。再用竹篾丝编一个灯笼罩，然后在灯笼罩上裱上一层红纸，就这样，一个小巧玲珑的红灯笼就做成了。在红灯笼的底部插上一根红蜡烛，点燃后，闪闪发光，就像是一个燃烧的小火球。我将它穿上一根短棍子，提着它。父亲做的红灯笼，有方的也有圆的，用父亲的话说，“方圆方圆就是图个吉利，讨个好彩头。”

因为父亲娴熟的篾工活，所以他做的红灯笼，前看，后看，左看，右看，都是一个样子，不像别人家孩子的灯笼，虎头蛇尾，丑死人。俗话说：三十夜的火，月半夜的灯。在那没有电视的年代，更谈不上什么春节晚会，我们这些小伙伴，早在三十的晚上，便迫不及待地玩起了红灯笼。一时间偏僻冷清的小山村，一下子热闹起来了，闪闪发亮的红灯笼就像是一只只游动的萤火虫，在村前巷尾飞来飞去，为新春佳节增添了浓浓的年味。为了能玩出一些新花样，我们学着大人的样子，将大伙的红灯笼集中起来，组成一支庞大的龙灯队。尽管我们玩得很低级，却津津有味。不久新的问题出现了，父亲为我们做的红灯笼不需花钱，但是点灯的红蜡烛得花钱买。父亲给我们兄妹每人发十根红蜡烛，已经表现得非常大方了。没用多久，我们的红蜡烛，就快要用完了。龙灯队将面临熄火的危险，我们大伙急得就像热锅上的蚂蚁。然而天无绝人之路，就在我们这些小伙伴们一筹莫展的时候，龙灯队的小胖向大家伸出了援手。他家有一个手工制作红蜡烛的小作坊，父母起早摸黑做点蜡烛挣点小钱。“家贼难防”，龙灯队又活了，尽管小胖为大伙解了燃眉之急，但这肯定不是长久之计。在这关键时刻，我突然计上心来，找来一个闲置的老马灯，在老马灯上套上一个红灯笼的罩，我们马灯式的红灯笼就这样发明了。后来，每当新年来临的时候，我们这些既经济又实惠，不用点蜡烛的红灯笼可派上了大用场，在村前巷尾，我们的龙灯队又玩得活灵活现。在 20 世纪五六十年代，人们的生活过得拮据，在那些文化娱乐生活非常匮乏的时期，逢年过节，小小的红灯笼便成了我们娱乐的好伙伴，它陪伴我们一起走过那天真烂漫的童年。

物转星移，到了 20 世纪 80 年代后，国家改革开放，人们的生活就像芝麻开花节节高，大众文化娱乐生活也随着起了翻天覆地的变化。电影、电视、戏曲、小品、曲艺……形式丰富多彩，一年一度的春节晚会，让大家一饱眼福，而且喜炮烟花的时兴，往年那些小打小闹的红灯笼，在无意中被遗忘。然而就在近几年，突然让我的眼前一亮，过去那被叫停了的红灯笼又突然亮起来了，灯笼还叫灯笼，只是比过去的那种小灯笼更大更圆了，圆圆的大红灯笼，镶着金边金字，底边还配套上一圈好看的红

穗，显得格外的醒目和阔气。现在无论是在城市和乡村，无论谁家娶媳嫁女、贺房庆典，都得高高地挂上那些大红灯笼祝贺。特别引人注目的是，每当逢年过节的时候，在城镇的大街小巷，特别是在闹市区高高的灯柱上，红通通的大红灯笼，就像是一道道亮丽的风景线，给人一种浓浓的节日气氛，吉祥、和谐、团圆和喜庆。

闲话七夕

小时候，没有风扇空调，盛夏的晚上，大家都喜欢在房屋前面的场子上，用竹床和铺板合成一个大通铺，全家老少通宵达旦挤在这个露天的床铺上。当我倒头睡下的时候，仰望那浩瀚的星空，那些大大小小闪烁的星星，仿佛一下子和我们拉近了距离，将我带到那个神秘的世界。

心情好的时候，母亲一边用她那破旧的蒲扇为我们驱赶蚊虫，一边对着密密麻麻的星空指指点点。她指着两颗大星星告诉我们说"那两颗大星星呀，一颗叫作牛郎星，一颗叫作织女星，牛郎星和织女星中间隔着一条银河，只有每年的农历七月初七这天，成群结队的喜鹊在银河上架起一座鹊桥，让牛郎和织女这一对天上人间的恩爱情侣通过鹊桥相会。"她还神秘地说："农历七月初七这天晚上，要是天气晴好，在露天的场子上叠起七张八仙桌，再在叠起来的桌子上方摆上一盆清水，准会听到织女那凄凉的哭泣声。"尽管母亲的故事让我有些将信将疑，但每次听起来总是觉得津津有味，令人神往。

七夕，牛郎织女鹊桥相会，这个东方美丽的神话故事，古往今来脍炙人口，传颂不衰，这正是我们中华民族五千年灿烂文化深厚的底蕴，在历史的长河中，我们的祖先双双对对，男耕女织，日出而作，日落而息，恩恩爱爱，携手相伴，用他们

勤劳的双手，成家立业，生儿育女，用他们沉稳的步伐、坚实的脊梁，担当起家庭的责任，托起生活的希望。

牛郎织女鹊桥相会这个美丽的传说，古往今来引起无数人的咏叹。在现代人间的爱河里，也演绎着一个个朴实无华、平凡动人的真实爱情故事。他们的爱情尽管没有花前月下的浪漫，却融合了两个人心有灵犀的默契与坚守。

在“文革”期间，我认识了一位长得非常帅气的年轻人。这一年，他在大学里担任主要领导的父亲被打成坏分子，全家被下放到一个偏僻的穷山沟里。在举目无亲、处处受到歧视的困境中，有一户人家，亲近并热情地帮助他们。一来二往，时间一长，这位帅哥竟和这户人家长相很是一般的女孩产生了感情，发展成了恋人、夫妻，并先后生下了两个女儿。后来青年的父亲得以平反，官复原职，这位帅哥也被调进城市高校任教，这位姑娘便意味深长地对丈夫说，“现在咱们的差距太大了，你不但长得一表人才，又有文化，现在又有了一个很好的工作。你看我，人没人样，长得又矮又丑，既没工作又没文化，我不愿意别人在你背后指指点点，看你的笑话，让你抬不起头来。你走吧，我愿意带着两个女儿生活，不想拖累你了。”她的丈夫听后很不高兴，非常严肃地对妻子说：“爱情和婚姻不是游戏，不是说想合就合，想散就散的呀，患难见真情，我绝不会让你和女儿受到伤害。”后来他将妻子和女儿带进城里，不但没有遭到别人的非议，而且还受到了大家一致的好评。是他用坚贞保护了一个完整的家，两个女儿长得天真可爱，一家人其乐融融。

曾经有一位老人，丧妻后儿子突然又遭到变故，儿媳妇改嫁后，留下了三个孙儿孙女。当生活面临绝境的时候，这时丧夫的嫂子没有选择再嫁，两家人相依为命。叔嫂虽然没有夫妻的名分，但是他们在最困难的时候携起手来，撑起了这个家，直到耄耋之年。更让人离奇的是，当她离世后的第三天，他也突然离开了人世。

在历史的长河中，在那些数不胜数朴实无华的故事里，他们的爱情没有轰轰烈烈的感人事迹，没有花前月下的海誓山盟，他们的爱情流转在日常生活的柴米油盐里，流转在平凡人家的针头线脑里，他们的爱情质朴、平静，一如深涧里的清泉，山坡上的野花，平凡而又浪漫。

花甲老农的文学梦

2013年，中央电视台春节联欢晚会叫得最响的小品中潘长江的一句台词“我这里真的是疯了”，让我刻骨铭心。在这一年，我印证了他的这句话，我真的疯了，疯得不知道天高地厚，疯得一塌糊涂。

2012年秋天，一场大病差点将我送到了生命的尽头，是老天爷保佑，让我侥幸逃脱。我想到人生如此短暂。往事如烟，回望自己的过去，平生虽然历尽艰辛坎坷，但我是先苦后甜，当我步入老龄，已经有了一个非常幸福的家庭。然而，一个儿时深藏在心底的秘密——“文学梦”渐渐浮现在我的脑海，让我坐立不安。我一时心血来潮，萌发了一个大胆疯狂的念头，我要圆梦。

只有小学文化程度的我，自1966年辍学回家务农后，便与书笔绝交了46个春秋。除了少数简单的几个文字伴我走到今天，其余的字词几乎被我忘得一干二净了。我要学写作，简直是天方夜谭，纸上谈兵，然而我的主意已定，是不会轻易打消念头的。因为我是认真的。

写作需要扎实的功夫，我便背着人，不厌其烦地翻开字典复习。写作必须具备充足的时间，这下真的让我有些为难了。我的儿子儿媳在浙江温州打工，孙子孙女生活、上学全靠我和老伴照管。在镇上我开的窗帘店全靠我一个人打理，在家还和老伴兼种了几亩责任田，另外还兼当了一个村的小组长，忙得我走路都是一溜儿小跑。每当我吃完晚饭，我的“瞌睡虫”就来了。深夜两点至三点，我便醒来，躺在床上翻来覆去睡不着觉，一桩一桩的往事涌上心头。我突然眼前一亮，就像是孤岛上的流浪人突然发现了新大陆，这不正是我要寻找的写作灵感吗？

我背着老伴，悄悄开始我的床上构思，为了不打扰老伴，我只好不动声色地打着腹稿。说来也巧，向来健忘的我，晚上打的腹稿，要等到凌晨上厕所的机会，才能记在我的本子上，但也不曾忘记。那阵子我是每天天不亮准得往厕所里跑。偶尔将老伴吵醒，少不了她的一顿唠叨。只有我心里有数，我是蹲着茅坑不拉屎。常言道，心无二用，尽管我的行为做得诡秘，但老伴似乎发现我的颠三倒四的反常现象。她便悄悄侦察我。记得有一次，我在田头被她逮了个正着。她指着我的鼻子骂：“真是疯得不知道天高地厚！”我反而因祸得福，开始我的破罐子破摔，从地下转为公开，在短短的上半年里，我凭着一时的“傻”劲，一口气写下了诗歌、散文和小品文将近七八万字，并得到了一位文化底蕴深厚的小学校长的指教、鼓励和推荐。在这一年里，我先后在我们的《瑞昌报》《浔阳晚报》和《九江日报》上发表了诗歌、散文和民间故事将近二十篇，其中三篇被两家报社同时刊登，三篇还是头条呢，并同时被多家报社采访。当我第一篇稿子发表的时候，我就像是高考生接到了名校录取通知书一样激动。当我用颤抖的手将印有我名字的报纸展现在老伴面前的时候，我冲着老伴说：“疯老头出名啦！”记得那天晚饭，老伴特地为我炒了几个小菜，我也特意买了一瓶好酒，一口气喝下了大半瓶。那一夜我彻底失眠了。

就当我沉醉在成功的喜悦中的时候，儿子突然的一个决定

让我有些措手不及，为了加深父母与孩子的感情，儿子决定将孙子孙女接到温州上学，让我和老伴一同前往。为了孩子们的幸福，暑假一到，我便和老伴依依不舍地离开了家乡，带着孙子孙女踏上了去温州的列车。

来到温州后，因为儿子在龙湾区一家中型的出口服饰公司担任高层管理，我们很快在这家公司安了家。我除了接送孙子上学，还在公司兼职收发工作。在宽敞的公司大楼、生产车间里，到处是忙碌的身影，机车轰鸣，一道道制衣工序有条不紊地进行着。在车间里，那堆成小山的衣料，在工人们娴熟的操作下，很快被制成了各式各样漂亮的出口服饰。我真的没想到，一辈子没出过远门的我，竟然在花甲之年，踏上了打工的道路。在那些与年轻人生活在一起的日子里，我仿佛年轻了许多。闲暇时我望着窗外密集的高楼，处处可见的工厂，街道上潮水般的人流车流，温州真是一座充满人气的城市。是温州人用敢为人先，吃苦耐劳的艰苦创业精神打造了这座漂亮、繁华、文化底蕴深厚的沿海名城。我目睹温州人的敬业精神，为之感叹不已，心说："温州真好！"

日子过得好快，一晃半年即将过去，春节即将来临。也许是思乡心切，也许是远离了亲邻和朋友的缘由，心中突然泛起了一丝淡淡的惆怅和思念。外面的世界虽然那样的宽阔，但是我觉得自己的活动空间似乎越来越狭小，每天总是上班、下班再到加班，我只能在车间、宿舍、饭厅和厕所之间周旋。在与朋友通电话的时候，我曾风趣地逗乐说："在温州我被软禁啦。"我也抽空写些稿子，但总是觉得力不从心，心里老是有失落和空虚的感受。也许是水土不服的缘由，下半年我在温州的发稿率明显下降，也许是我这株从故乡移栽过来的小树苗，突然失去了哺育我一路成长的家乡土壤而变得营养不良。站在异乡的土地上，我的脸上挂满了苦涩和无奈。多少个夜深人静的夜晚，我望着远方故乡的天空，心里一遍又一遍地呼唤，故乡啊，重新给我创作的灵感吧！

半个劳动力

半劳力，在今天这是一个陌生的名词，但是在20世纪五六十年代，这个名词是再熟悉不过了。在生产队挣工分的年代，半劳力，说白了就是生产队上的童工。当年生产队计酬是用工分来衡量的，一个十全十美的强壮劳动力，一天为十分，然后按你的劳动能力和表现，通过全体社员及时进行评定。记得十四岁那年，我辍学在家，不久便在生产队挣工分。在我第一次评工分的时候，我被评了三分半，也就是说我连半个劳动力都不够资格。按当时六毛钱一个整劳日计算，我每天可以挣到两毛一分钱。工资虽然不高，然而在生产队里，无论是刮风还是下雨，都得跟在大人背后，起早贪黑一天要干上十多个小时的活。尽管你是半劳力，也不会有什么特殊的照顾。一天下来，我是累得腰酸背痛，身子骨就像散了架一样。然而再苦再累也只有这条路可走，没有选择的余地。在农忙的季节，生产队为了不误农时，忙得你没有喘息的机会。农闲的时候，水利建设纷纷上马，从生产队上抽出来的水利大军被分派往全县各个水利工地上去继续冲锋陷阵。

就在我上工的第二年冬天，生产队的冬耕冬种正在紧锣密鼓地进行，突然公社下达了通知，县里决定在一个偏远的公社建设一个大型水库。全县所有的生产队，必须抽调一半的劳动力赶赴工地。在生产队派往工地的名单中，我和父亲都榜上有名。第一次要出远门，母亲有些放心不下，她连夜为我赶做了一双扎实的粗布鞋，并再三叮嘱父亲："才十五虚岁的孩子，你一定要护着他呀。"父亲没有作声，默默地点了点头。

我为父亲分挑了几十斤的工具和行李，跟在父亲身后，随着潮水一般的水利大军，跋山涉水，抄近路向一百多里外的水库工地出发。经过两天的行程，我们终于到达目的地。这是个鸟儿不下蛋的地方。在这个前不挨村，后不着店的大山冲里，再好的晴天，也半天见不着太阳，整天阴森森的，寒气逼人。我们的水利大军在这里安营扎寨后，偏僻的山冲一下子充满了生机。我们在先头部队搭好的草棚里安了家。在低矮的草棚里，我们的床铺分上下两层，床铺都是用小树条扎在一起代替铺板的，硬邦邦的，而且还高低不平。我们这些半劳力体重比较轻，统统都被安排在上铺。睡在草棚的第一个晚上，因为经过两天的行程，我已经累得疲惫不堪，但从那草墙吹进来的冷风，冻得我迟迟不能入睡。睡不着的时候，心里总喜欢想着怪事，甚至害怕睡着后床铺会塌下来。天还没亮，我就被一阵起床号惊醒了，赶紧从床上爬起来，简单地漱洗后，便开饭了。食堂建在一个露天的大草坪上，用几块大石头支起一口锅，再放上几层木蒸箱。说是开饭，大家吃的都是蒸红薯，生产大队上的拖拉机，不间断地向工地拉红薯。父亲每顿都蒸上一小碗饭，推到我面前，这是对我的特殊关照。没有菜，父亲便搬出那一大坛从家里带来的辣椒酱。

天刚蒙蒙亮，出工号响了，我跟在大人后面高一脚、低一脚地来到水库工地。工地大坝上人头攒动，红旗飘扬，人们干劲十足，谁也不甘心落后，然而对我们这些半劳力来说，真是感到力不从心，苦不堪言，竹筐里的土，半劳力和全劳力都是

一样多，我们挑起来感觉是那样的沉，但是你必须跟着大人跑，你要是稍微慢一些，后面的人准会踩上你的后脚跟。要说最难熬的是每天中午和下午开饭前的那一次冲锋，当工地指挥部的冲锋号响过后，工地上一片沸腾，人们高呼口号，“冲啊！”然而像我们这些半劳力，连走都快走不动了，怎奈何再受这样的折腾。当实在冲不动的时候，我们也只好硬着头皮，当起了逃兵，假装提着裤子去方便。在那人山人海的工地上，是没有厕所的，人们只有到很远的山上去拉撒，尽管那里臭气熏天，这也是没有办法的办法。我们实在受不了的时候，多么希望老天爷下场雨，缓解一下我们的疲劳，可是大人们却说：“千万别下雨，就我们那茅草棚，大伙准得成落汤鸡。”一天天过去，我觉得时间似乎过得特别慢。水库工地上，长长的红色横幅上斗大的字，“抢晴天、战阴天、毛毛细雨是好天”格外醒目。也许是天公作美，在我们来到工地四十多天的日子里，天空连毛毛雨也没有下过，也就加快了工程进度。当大坝接近尾声的时候，天空突然稀稀落落的下起了小雪，为了避免大队人马被困在山里，工地指挥部临时决定全体民工提前撤回，喜从天降、谢天谢地。第二天天不亮，我们就整理行装，匆匆踏上了回家的征途。此时天空已是大雪纷飞，鹅毛大雪飘在我们的身上和脸上，我们就像是雪人一样，踩在茫茫的雪地上，深一脚、浅一脚地向前移动，冰凉的雪花落在手上脚上，冻得手脚发麻，但是我的心里却是热乎乎的，明天就要回到母亲和弟妹的身边了，前面再大的风雪也挡不住我们回家的路。

我和父亲

善待他人，老实本分。这是我家从祖上沿袭下来的传统，轮到父亲当家的时候，他对外人显得老实巴交，甚至有些低三下四，但是对于家人，却非常苛刻和严厉。每当母亲和他闹翻的时候，总是指着他的鼻子骂："这个老鬼脑子只长一根筋。"这话不是没有道理的，凡是他决定的事儿，要想让他改变主意，那真的会很难。

我刚读完小学，父亲就对我说："回家上生产队赚工分吧！庄户人家的孩子，会写自己的名字，能记个小账就行了。"我瞅着父亲一本正经的样子，心里说："坏了！"可嘴上还是冒上一句："我想读书！"父亲把脸一沉，"鸡窝里能飞出金凤凰？还是庄稼为大业吧。"

14 岁那年，我便辍学了，乖乖地跟着父亲学种田。父亲是种田的好手，更是犁田的高手。凡是他犁的田，又细又平整。生产队的田，大部分是他犁的。

第二年春天，父亲就让我跟他学犁田。跟着父亲学犁田说不上是啥滋味。虽说是离开学校快一年了，我还是身在曹营心在汉。跟在老牛身后走，恼人又无奈，因此犁头不是往东弯，就是往西拐，老是跟不上牛的套。父亲气得骂我不如牛，牛鞭不是打在牛背上，而是往我身上抽。我急得泪和汗粘在一起往

下流。

第二年，生产队买了一条大黄公牛，气力特别大，可是脾气特暴躁，总是用头去伤人，找谁放养呢？生产队长犯难了，一时也没有主意。实在不行还是卖了吧，生产队长最后还是做出了这样的决定。可是父亲舍不得，他说这头牛力气特别大，一头顶两头用，要不让俺老大放养吧。当我从牛栏里拉出那头大黄牛的时候，心里特别害怕，但我心里清楚，凡是从父亲嘴里吐出来的话，掉到地上准是个洞。

无奈之下，我准备了一根结实的长木棍，来一个先发制牛。一开始，我将牛拴在牛栏门上，劈头盖脸一顿猛打，没想到这一招果然奏效。这头凶猛的家伙，总是躲着我的长木棍。从此，这根长木棍便成了我的保护伞。

在放牛的山坳上，在青青的草地旁，站在开满花儿的山坡上我仿佛变成了一只快乐的小鸟。望着湛蓝的天空，我动起了歪脑筋，带上我的小学课本、铅笔头和小纸片，开始了自学。记得有几次学得入迷的时候，大黄牛偷吃了邻村人的庄稼，我便玩起了小聪明，将牛拴在树桩上。可是好景不长。因为黄牛没有吃饱，瞒不过父亲的眼睛。父亲便悄悄侦察我，没多久我就被父亲逮了个正着。

父亲为了惩罚我，一把火将我所有的书纸化为灰烬。我一咬牙，挥泪与自己喜爱的文字做了终身的诀别。为了和父亲较劲，一气之下，我扔掉了那根保护我的长木棍，后来我竟被那头大黄牛先后撞伤过几次。大伙知道后，要求生产队长赶紧将牛卖掉，不然要出大事。可父亲还是固执地说："这头牛我舍不得！"

最后是这头畜生兽性发作，一头将我从悬崖上撞下来，我被送进医院急救，父亲望着半死不活的我，第一次流下了眼泪："娃！是我害了你，你可千万别有事呀！"我这条小命算是保住了，但落下了终身的病痛。

打那以后，命运似乎告诫我，再也不要三心二意了。我必须老老实实跟着父亲学种田赚工分。后来大弟和大妹，还未迈进学校大门，就被父亲打发上生产队赚工分。尽管父亲的做法，使我们兄妹极为不满，但是父亲也有他充分的理由。因为我的祖父当年在村庄上算得上文武双全的人物，可是后来却落了个有历史问题的人，他害了他自己，又害了他的子孙。父亲吸取了祖父的教训，守住一个——“庄稼为大业”！

到了 20 世纪 80 年代初，国家政策已经有了一个根本性的转变，可是父亲依然坚守着他一成不变的理念。三弟和二妹读完小学后，又被父亲拉回了家。随着我们家农民队伍一天天壮大，我与父亲的观点已经发展到了势不两立的程度。然而我还是厚着脸皮，一次又一次做起了父亲的思想工作：“爸！你不要老眼光，不开窍呀，现在国家已经恢复了高考，非常重视文化了，赶紧让三弟二妹去读书，说不定……”

父亲未待我说完，便恶狠狠地瞪我一眼。要是把他惹急了，拳头砸在桌上，震得山响。眼看学校开学都半个月了，我仍束手无策，急得像热锅上的蚂蚁。突然我的心头一动，便想出一条妙计。一天，当父亲吃饭的时候，我双腿跪在父亲的面前：“爸！你不答应让弟妹去上学，我就跪着不起来。”没想到这一招果然奏效，父亲终于点头允许了。

1984 年暑假后的一个早晨，我们家传来了一个特大喜讯：二妹考上了九江师范学校。人们奔走相告，小小的山村沸腾了。我几乎不相信这是真的，只见父亲乐得像个小孩，激动得直掉眼泪。

父母生我们兄妹六人，在那样的年代，真是吃尽了千辛万苦。二妹毕业参加工作后，父母的生活也就跟着起了翻天覆地的变

化。妹夫、二妹都是非常孝敬父母的，宁愿自己省吃俭用，三天两头给父母送来好吃好喝的。尽管我们已经与父母分家多年，一有好吃的，父亲总是捎来口信，让我们一起一饱口福。

日子过得真快，不知不觉我也步入老龄，可是在父亲面前，我永远是个孩子。记得有一次，我生病高烧不退。父亲闻讯后，赶到我的住处，站在床边，用他那双布满老茧的大手抚摸着我的头。我只觉得一股暖流，流进了我的全身，仿佛一下子又回到了自己的孩童时代。人们常说，少来夫妻老来伴。我的母亲去世后，父亲一下子变得沉默寡言。但是当他看到自己的孙儿孙女一个个活泼健康成长，脸上总是带着开心的笑容。

父亲到了 76 岁高龄的时候，身体突然变得糟糕起来。有一天他把我叫到跟前对我说："老大，我快不行了，现在你们兄妹一个个都成家立业了，儿孙满堂，我也非常高兴和放心了，爸只求你一件事。"父亲说到这里，将话打住了。我沉不住气地对他说："啥秘密呀？这么神秘兮兮的。"父亲终于说出了他的心里话："老大！你真是生不逢时呀！当年你读书成绩那样的拔尖，父亲没有让你念到啥出息，可惜呀！都怪我没有能耐。当年你为你娘去世时写的悼词，让所有在场的人感动得流下眼泪，到时候也替我写写。"我瞧见父亲的认真劲，故意逗他说："你有啥好写的。"只见父亲气得背过脸去说："我吃的苦不比你娘少。"我连忙解释说："爸！我这不是跟你开玩笑吗，瞧你那认真劲。"我望着父亲哭笑不得的样子，心里觉得好笑，人到了这份上，真的有些孩子气。

父亲在病重期间，多数时间是由我照料的。早些他身体不舒服的时候，我去看望他，他总是对我说："你去忙吧，我这里没事的。"可是去世前的那次病重期间，他总是拉我坐到他的床沿，跟他叙旧，把过去那些陈芝麻烂谷子的事，翻箱倒柜地翻出来，唠叨个没完没了。最后他从被窝里伸出那双布满老茧的大手，紧紧地拽住我的手不放。

父亲哭了，我也哭，我想这就是血脉相通，人间最难以割舍的亲情啊！

家乡的古井

三十出头，还没有娶上媳妇，可把我的父亲急得真像是热锅上的蚂蚁，整天拉着个脸，唉声叹气，端着旱烟袋，抽个没完没了。怨谁呢？他开始有些怨天怨地。地球那么大，干嘛就把咱丢在这个穷山沟里呢？多少年前，父亲就和母亲合计着春节将一头大肥猪留下来，一两也不卖，要留给老大，也就是我定媳妇用。可是几年一晃过去了，肥猪自家吃了好几头，媳妇连影子也没见着。你说呀，那猪肉好吃的时候，得留着想办事，可是事没办成，过六月的腊肉扔掉又可惜，但吃起来就像咽苦菜。这下父亲的脸愁得比腊肉还难看。说实话，婶娘和亲戚没少帮忙。上门看地方的女孩加起来，可以编上一个加强连。可是只要她们迈进俺家这个山沟沟，掉转头还来不及呢。这时候父亲真的有些沉不住气了，动不动就朝俺娘发脾气，俺娘也是哑巴吃黄连没处说，她生俺兄妹六个孩子真的没少吃苦，一个个没缺手少脚，白白胖胖的不比别人的孩子差。定不上媳妇也不能全怪我，娘一边嘀咕，一边流眼泪。当然还是娘心细，她开始琢磨，找那些住在差点地方的姑娘去说媒。终于有位远房亲戚答应试一试，为款待这位亲戚，俺娘特意煮了一碗鸡蛋肉丝面，堆起来直碰鼻子尖。母亲这一招果然奏效。这一天姑娘家，娘娘女女，姑姑姐姐，一行来看地方，他们不看天，不看地，一心只在古井旁边转，临走时留下一句话，“好柴好水。”远房亲戚凑近俺娘耳边笑眯眯地说，看来有谱。

原来那看亲的姑娘家，住在一个大山顶上，村庄非常大。山上虽然很宽敞，但是水源很缺乏。吃水要到几里外的地方去挑。洗衣挤在一口又脏又臭的池子里。每天深更半夜起来，还得要排队等候，遇到天旱，真的是水贵如油，所以他们看重的是水。

谢天谢地，今年的腊肉终于派上用场了。父亲站在古井旁自言自语地说：“苍天有眼，古井的好风水终于帮了俺家的大忙啦。”说句实在话，俺们庄上的那口古井的水不是吹的，井里那透亮透亮的水，清得能照见人影，一年四季向上直冒水泡。冬天冒着热气，热得让你有些烫手。夏天喝上一口，准会让你凉到心底。井里淌出来的水，哗哗地流进一个长长的池子里，洗衣洗菜，不知多方便呢。

听老人说：俺村庄上的古井直通长江，那是老龙钻的洞。相传很早以前，有人在井里试放些谷壳，时过半月，长江的江面上真的漂有谷壳。还有人说得活灵活现，说井里藏有一条懒龙，要是遇上久旱不雨，人们就故意抬来水车车井水，那条懒龙一惊：“你们这些凡人，闹到俺龙鼻子上啦！”气得翻江倒海，连水车也来不及拉上来，就被大水冲走了。这个传说不管真假，但是我很清楚，只要人们旱急了，说不准管用不管用，准会抬来个水车闹井。

听老人说，民国二十七年（1938）大旱，来自邻村的灾民在俺村庄上的古井旁排起了长队，都是穷乡邻，绝不会做那落井下石的事，宁愿自己少喝一口，也要分给大家。近年来，有

些生意人看中了俺村庄上的好井水，动起了歪脑筋，想搞什么饮用水加工厂，可是村庄上的人好歹不答应。他们说祖上留给俺这口好井水，咱们要死活把守好，不能让它变了味。

故乡的小溪

我的家乡蝴蝶冲，山清水秀，然而特别出名的还是好水。那从古井里冒上来的水，哗哗地流进那条长长的小溪里，小溪从村中穿过，把村东和村西分成两半，一座从古上传下来的石拱桥，又将这个村子紧紧地连在了一起。我们这里的水，那不是吹的，清冽的泉水，似乎也学会了善解人意，冬暖夏凉。冬天的水就像煮过了一阵子，往上直冒热气；夏天你要是热急了，往小溪一站，准会让你从头凉到心底。

小桥流水成了我们村庄上一道亮丽的风景线，也给我们的生活带来了很多方便。每天天刚蒙蒙亮，小溪边上就热闹起来，刷盆的、洗碗的，淘米洗菜的人群川流不息，洗衣的婶娘婆妈，一边将洗衣的棒槌轻轻拍打在青石板上，一边聊着那总也聊不完的张家长李家短的家庭琐事。

与小溪有着不解之缘的要算我们的水族三兄弟：狗崽、四胖和我，我是头儿。父亲一再严厉地警告我，不准去小溪玩水，然而那是我最爱去的地方，尽管有时耳朵被父亲拉得老长，我们也是水性难改，甚至有人当面还给我起了一个漂亮的绰号——“天海”，好像是一个专门站在海边找鱼的鸟名。后来，人们叫习惯了，我也是声叫声应。

要说在小溪里捕鱼捉虾，也不是吹牛，俺算得上半个行家。

清澈的温泉给小溪里的水族造就了一个良好的生活环境，小溪里鱼虾、鳖龟、蛙、蛇、蟹、鳝，一应俱全。在那几里长的小溪里，那些大大小小的石头不知被我们翻过了多少遍，每次捕捉，那压在石头底下的大螃蟹准得让我们拎上一大袋子。

小溪边上的石洞里，宝贝可多呢，洞口那些张牙舞爪的老脚虾，向洞外探头探脑地张望，见到人来了急忙往后退。当它退晕了，我们一手抓过去，它就束手就擒。深水里面，那些在外散步的鱼儿，一见到风吹草动，急着往洞里钻，当我们将手伸向洞底时，抓在手里的鱼儿拼命挣扎，搅得手心痒痒的。最过瘾的是去洞里摸乌龟，你只要看见洞口有龟印，把手伸进去，那可真是瓮中捉龟。听大人说，乌龟集居的地方，一定有水蛇守门，龟蛇一家亲。记得有一次，我们真的验证了大人们的说法，在溪边一个通向稻田的石洞口，出现两条水蛇左右把门，我们费了九牛二虎之力将水蛇赶走后，将手伸进洞一摸，好家伙，藏在洞里的乌龟足足有二十多只。捉鳖那就更过瘾了，这家伙很狡猾，往往喜欢藏在沙子里。有一次，我们在一个洞口的沙子里，找出一只大鳖，足有三斤多。正当我们手舞足蹈的时候，一个路过的大人看见了，他从我们手上抢去大鳖，扔进旁边的大池塘里放生了，弄得我们真是哭笑不得，简直要跟他拼命。说来也怪，在20世纪五六十年代，人们的生活是那样的艰苦，甚至在“三年困难时期”，人们宁愿饿着肚子去挖野菜、剥树皮充饥，除有人捕食小溪里的鱼虾外，谁也不会想到去抓只龟鳖、蛙、鳝去填肚子。

到了20世纪八九十年代，随着政策的开放和农村生产责任制的落实，人们的生活起了翻天覆地的变化，逐步从温饱向小康迈进。吃饱喝足，有人便开始去寻找那些大自然的野味来调整胃口，随着野生龟鳖、青蛙、泥鳅、鳝、蛇价码的一路飙升，小溪里的水族在很短的时间，便遭到了灭顶之灾，濒临灭绝。

一辈子没有走出大山的怀抱，故乡的小溪是陪伴着我，一步一个脚印走过我的童年、中年到老年，故乡的小溪在我的心中，从来都是那样的淳，那样的美。然而今天当我站在小溪边，心中总是泛起一种说不清、道不明的失落感。往日那些生活在小溪里的水族，和我那些风光的童年故事，已经随着岁月飘向了遥远。当年那清澈见底的溪水，如今也遭到了环境的污染而变得浑浊不堪，连只小虾也难找到。往日小溪里的流水声，就像是一首唱不完的小曲，它是那样的温婉动听，今天听那流水声，似乎在向我们发泄着抱怨和牢骚。

最后一个学期

1966年上半年，是我在小学将要读的最后一个学期了。记得刚开学不久的一天上午，班主任苦着脸走进了教室，用一种非常无奈的语气，宣布了学校革委会的决定，由于我的出身问题，我在班上担任的学习委员和少先队中队长职务必须就地免职。这个突如其来的打击让我有些措手不及，一时难以接受，然后我在心里暗暗发誓，到期末考试，我一定要考一个好成绩给你们瞧瞧。不做班干部了，我也没有自暴自弃，为了实现自己的奋斗目标，我学习更加刻苦认真了。功夫不负有心人，当期末毕业、升学两项考试结束的时候，我以每门功课全部满分的成绩在全班名列前茅。同学们都用羡慕的目光看着我，有人在背后议论我说："他，肯定是县重点中学录取的对象。"说句心里话，在等待中学录取通知书的那段日子里，我是充满自信的。时间一天天过去，学校也没有传出任何信息，眼看不久将要开学了，终于有一天，我从同村的一位同学那里得到消息，明天学校将要发榜。我听后心里纳闷，学校也真是的，怎么把我给忘了呢。

第二天一大早，母亲还特意为我做了顿好吃的，要是平时，我必定吃它个碗底朝天，那天心里有事，喉管里就像被什么东西堵上了一样，怎么也咽不下喉。草草吃完早饭，我便第一个来到学校。学校里冷冷清清的，看不出一点气氛来，按理说，当年的小学升初中，相当于今天考大学一样，一般考上县城一中，相当于今天考上名牌大学，那是绝对包分配的。就是考上镇一级的中学，也相当于今天的本科。可是就在这样一个激动人心的时刻，大家怎么显得这样平淡呢？快到晌午了，同学们才三三两两来到学校，班主任传下话来："谁愿意去商店买一张出榜用的红纸？"因为学校离商店少说也有两三里路程，我几乎是冲到班主任面前，自告奋勇地说："老师让我去吧。"老师望着我，摇了摇头，没有说话。当我向商店的路上冲出几丈远的时候，老师吩咐别的同学把我追了回来，由他去替代我。后来才知道，原来我已经是名落孙山，榜上无名。当时我真的难以接受这个残酷的现实，只觉得两腿发软，像跌进了万丈深渊。后来我趁人不注意，从学校后门悄悄溜走，像一个罪人一样，从山上抄小路逃回了家。山上那锋利的刺条划在我的手和脚上，也不觉得疼痛，因为我的头脑一片空白，身体也显得有些麻木。回家后，我把自己关在房子里，不敢见人。每天晚上，我总是以泪洗面，伤心的泪水将枕头都湿透了，辍学的伤痛像针一样扎着我的心，我甚至产生了轻生的念头，那一年我才 14 岁。时间一天天过去，在那段彷徨的日子里，我的思想慢慢呈现出一种侥幸的预感，学校不会抛弃我的，因为我太喜欢读书了。平时有事没事，我总喜欢朝通往学校的那个路口，多看上几眼，默默地等待奇迹出现。然而这一等，整整等了半个世纪。

说来也巧，在我六十岁生日那天晚饭的时候，我一高兴喝了几杯小酒，那天晚上我便做了一个梦，梦见五十年前那学期，班主任将一个红色请柬模样的升学通知书送到我手里，非常高兴地对我说："你被县重点中学录取啦！"我听到这样的消息，

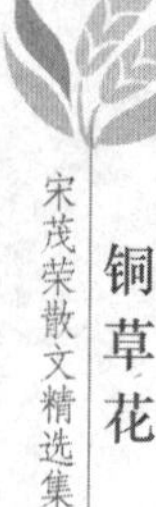

乐得手舞足蹈，一蹦老高，一觉醒来，原来是一场梦。一个陪伴我、让我想了整整一辈子的梦。虽然好梦不能成真，但对我来说，也是一种非常的满足。

秋荞麦

我的家乡蝴蝶冲，还有个叫得响的别名“荞麦冲”，也就是说，在20世纪五六十年代，我们利用所有的旱田都种上秋荞麦而得名。在当时我们蝴蝶冲，田少人口多。生产队每年向国家上缴完公粮后，余下的粮食所剩无几，因此，生产队见缝插针，在收割完早稻的旱田里都种上秋荞麦，供大伙养家糊口。那一顿接一顿的荞麦糊吃得我们这些娃娃直跺脚，但是总比挨饿强，特别是在“三年困难时期”，是荞麦糊保住了我们的命。至今我还清楚地记得，有一次，邻村的张大妈，路过我家门口时，饿得晕倒在路边上，母亲闻讯后，急忙给她喂上两碗荞麦糊，终于让张大妈慢慢站起来了。后来母亲同情她的难处，隔三岔五把自己省下的荞麦粉分送给她，硬是让她们一家熬过来了。后来张大妈和她的后生，念俺母亲的好，简直念了一辈子。

秋荞麦好收好种，适应性强，每年我们收割完早稻后，便紧锣密鼓地开始抢种秋荞麦。在翻耕细耙的旱田里，刨上厢沟后，便撒上麦种，再加施些粪肥，不几日便长出青青的嫩苗。荞麦苗，红秆青叶，水汪汪的非常惹人喜爱。一个月后，麦秆上便开出了一串串小花，那满垄满畈的荞麦花散发出浓郁的清香，招来了成群结队的蜜蜂在麦花上起起落落。站在花香飘溢的麦田边，

真让人在秋天里，有一种春天的感受。再过了些日子，从荞麦花里，便开始慢慢长出了红红的小麦粒，就像是一串串小珍珠，挂在荞麦秆的脖子上，美得真想让人亲一口。当红色的小麦粒全部变成黑色后，便可开镰收割。人们将收割回的荞麦挑到打麦场上垛成堆，选择一段好天气，便开始脱粒。当脱麦机架设好后，大伙便一鼓作气地忙开了。脱麦的，扬场的，捆禾的，大伙忙得热火朝天。接连几天，夜以继日，也不歇场，这对于我们这些刚上生产队上工的半劳力，确实是一个不小的考验。晚上，实在困得不行的时候，我便约两个小伙伴，来个浑水摸鱼，在堆成小山般的麦禾里，玩起了地道战。躺在地道里，金丝被子盖身上，不一会儿，便进入甜甜的梦乡。

记得每年麦收的时候，庄上有名的百事通水根大叔便老调重弹他的荞麦和小麦的故事。荞麦挖苦小麦说："老兄，瞧你农历九月出家，要等第二年四月归来，别人都高高兴兴回家过年，你却冷落在荒郊野外，挨饿受冻。瞧我多幸运，立秋出发，霜降收兵，趁着不冷不热的天气，在外逛上一趟，回家过年。"大叔说到这里，捧起一把荞麦粒说："瞧，荞麦把嘴都笑尖了，而小麦却气破了肚子。"瞅着大叔幸灾乐祸的样子，我却为小麦打抱不平起来。我冲大叔反驳说："人家小麦能做白面白馍，还能做各式各样的糕点和高档食品，你荞麦糊，荞麦馍黑得像牛屎，就连上缴公粮，人家还不要呢。"大叔顿了一会儿，眼睛眨了眨，不慌不忙地说："娃们，你们大概没看过大戏里面，有个《荞麦记》吧。"说的是很久以前，有一位嫌穷爱富的员外为自己做寿，嫁到富人家的女儿都送来贵重的礼品和好吃好喝的，其中有一个嫁到穷秀才家的女儿，那是吃了上顿没下顿。母亲要做寿，实在没办法，只好做些荞麦馍馍为母亲送去，没想到嫌贫爱富的母亲挖苦女儿说："黑得像牛屎的荞麦馍我家连狗都不吃。”并无情地将女儿女婿赶出了家门。后来穷秀才发奋攻读，终于考取了头名状元。也许是老天爷报应，嫌贫爱富的员外和他们嫁到富户的女儿都遭了灾，变成了穷光蛋。一天母亲讨米，讨到了状元女婿家门口，女儿记恨未消，闭门不出。老母在外便苦诉十月怀胎，这下可好，终于感动了女儿女婿开门让母亲进屋。水根大叔断章取义，讲得手舞足蹈，可是背后有人开始发难，“大叔你讲的故事发生在什么年代，什么地点，他们姓甚名谁。”一道道问题像连珠炮向大叔抛去。大叔有些尴尬，但他淡淡一笑，以时间久远，无从考证而搪塞过关。接着有人上来一句“真是半桶水”，可大叔一点也不见气，他笑眯眯地说：“半桶水总比没水好。”今天人们由于种种原因，早已不种秋荞麦了。那飘着浓香的红秆绿叶的荞麦禾，和笑尖了嘴的荞麦粒却常在我的眼前呈现。我不会忘记水根大叔和他关于荞麦的故事。要是水根大叔还在，要是像他在故事里说的那样，吃荞麦馍的秀才能考上头名状元，再经大叔一吹捧，我想荞麦今天定会飙升黄金价。当然我不想去评价它的贵贱，但是我不会忘记童年时候吃的荞麦糊，荞麦馍，是它让我们走出了饥饿，渡过了难关，一路健健康康地走到了今天。

葡萄架上的牛藤

2013年下半年，我随家人来到了浙江省著名的水乡温州，在龙湾区一家服饰公司安了家。这是专门生产外贸服装的工厂，有六层厂房规模，厂区环境优美，车间宽敞明亮。一条小河贯穿厂区，涓涓东流，给整个厂区增添了一道亮丽的风景。特别引人注目的是，公司在靠近小河边，用心打造了一个休闲健身为一体的绿化带，给人一种世外桃源的感觉。小小休闲园里，那些大红的、枯黄的、粉红的，还有紫色的花儿在园子里争相斗艳。

各种各样的林木，桂花、榕树、细柳，映衬在花丛之中给人一种锦上添花的感觉。工人们利用下班的空隙，总喜欢三三两两来到园子里，站在健身器材上健健身，坐在长条椅上拉拉家常话，给人一种忙里偷闲的感受。特别引人注目的是，园中一个特别大的葡萄架，占住了园中的半壁江山。令人奇怪的是葡萄架上，几根细细的葡萄藤寥寥无几，而两株手腕粗的野青藤压在葡萄架上遮天蔽日。每当老板来厂时，他总是喜欢站在葡萄架下，东摸摸西看看。一天我在园中帮忙修剪，向老板提出了一个小小的建议，把葡萄架上的杂藤剪掉，好让葡萄藤露露头。可是老板朝我摆摆手，很神气地说，这株青藤很是名贵的。

我差点没有笑出声来，当然，我是不会道出庐山真面目，这根藤在我们家乡叫牛藤。

可能因为人们犁田的时候，割下它的藤子套犁用，所以大伙都叫它牛藤。牛藤的生命力特别强，在我们的家乡漫山遍野，当碗口粗的藤干老死在大山深处，青藤又很快长粗，老藤青藤前赴后继，枝繁叶茂，整个大山，就像铺上一层厚厚的地毯。记得小时候，我们这些同龄的小伙伴，总是喜欢躺在青藤上翻跟头，拉着粗藤干攀上悬崖去采那红彤彤的山楂，采野果，用小手伸到石洞里去掏鸟蛋，牛藤就像是一根根保险带，拉着任我们去探险。令我没有想到的是，今天城里人觉得无聊，把我们乡村的野牛藤请到城里来，还专门破费架设一个阔气大木架恭候，丑小鸭一下子变成了白天鹅啦。

在乡间那些荒山野岭上的“奴婢草民”，在城里被那些有钱人一抬举，被当作“娇公主”供着，在葡萄架上它不疯长才怪呢。说句心里话，我真的为我们的家乡感到高兴和骄傲。我们的家乡可说是遍地是宝。后来，我有事没事的时候，总是喜欢站在葡萄架下东瞧瞧，西看看，当我想家的时候，就摸摸架上的牛藤，仿佛回到了故乡的身边，那架上牛藤散出的清香，让我已经闻到了来自故乡那浓浓的乡情。

种西瓜

农村土地责任制落户那阵子，从来没有种过西瓜的我，这一年突然心血来潮想起了要试种西瓜。当时我们村庄上种西瓜的唯有水旺大叔一人，尽管他把种西瓜说得有些神秘，但我是头犟牛不服输。我在自己的责任地里挑选了几亩连成片的上等好地，隔冬就在空地里施上一层厚厚的农家肥。第二年春天，我在种子站选好瓜子后，按照种子说明书上的说明，育苗、移栽、防病、施肥，很有信心一步一步学着做，然而事与愿违，当水旺大叔瓜地里的瓜蔓盖满了瓜地时，我瓜地里的瓜蔓却在那里耷拉着脑袋，在风中直摇头，似乎是总也长不长的病秧子。正当我一筹莫展的时候，水旺大叔来了，他站在我的瓜地边，指手画脚，用嘲笑甚至挖苦的口气对我说："你当种西瓜是种南瓜呀。"这时候我就像是泄了气的皮球，甚至滋生了要放弃的念头。

接连几场雷雨过后，一天当我走进瓜地时，眼前的情景似乎来了一个九十度的大转弯，瓜地里那些疯长的瓜蔓像是在赛跑。奇迹出现了，接下来的日子里，我几乎是天天往瓜地跑，还特意到书店买了一本西瓜种植的小册子，按照书上的指示除草、防病、施肥、整枝、掐芽。

西瓜终于挂果了，当我看到那金黄色小花底下带上一颗黄豆大的西瓜，星星点点挂在瓜蔓上的时候，我乐得手舞足蹈，简直就像个小孩。接下来的日子，我几乎是天天泡在瓜地里，看着西瓜一天天长大。按书上说，西瓜自开花之日起，35 天便可以收获。我几乎是天天掐着指头数，为了防止野猪糟蹋和人为盗瓜，我在瓜地边搭起了一个简易的瓜棚，扛来张竹床。本来胆小的我，每天晚上一个人睡在瓜棚，伴着星星过夜，也不知哪来的胆量，我忘记了害怕。那瓜棚上挂着的铜铃铛在微风中一吹，发出叮叮当当的响声，它告诫野猪和偷瓜人不要轻举妄动。

35 天就要到了，我仔细观察瓜蔓，每一片叶子与蔓之间的螺形瓜丝，从头至尾全都干了，这就说明西瓜成熟了。我挑了几个花纹清晰、皮光水滑的熟瓜，担回家一过秤，平均重量二十多斤，我真怀疑是自己看错了秤，为了庆祝我种瓜的成功，我同妻子合计，决定给村庄上的左邻右舍都送上一块瓜，让大伙都尝尝我的胜利果实。我往桌上拎一个大西瓜，手起刀落，拦腰砍下，刀刃嵌入瓜皮刹那，瓜身随即不规则裂开，鲜红的瓜瓤在裂缝中乍现，好瓜。当村里人尝到我的甜瓜后，我一下子成了村上的能人，大伙跃跃欲试，纷纷讨教我的种瓜技巧，来年要跟我学种瓜。我的出名，当然也委屈了一个人——水旺大叔，同行是冤家，今年我的西瓜在村上就被人抢买一空，而他的西瓜却无人问津，只好担到外地去卖。有一天，水旺大叔厚着脸皮，又一次来到我的瓜地向我讨教，我赶紧开个大瓜递给他说“大叔尝尝我的西瓜甜不甜？”大叔脸一红。我赶紧赔笑说：“大叔别见怪，跟你开个玩笑。”当大叔讨教我的所谓种瓜经验时，我诚恳地告诉大叔说：“这其实也没啥奥妙，剪枝、掐芽要狠，一蔓只留一个瓜，我施的基本上是农家肥，所以瓜大、

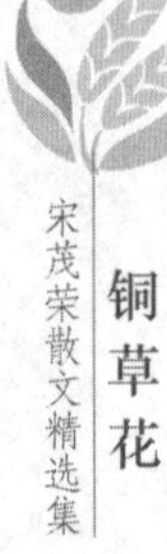

皮薄、瓜甜。”

第二年春天，我简直被大伙抬举起来，东家请，西家迎，整天尽心尽力地为大伙当起了种瓜参谋。功夫不负有心人，通过大家的共同努力，这一年全村西瓜大丰收。村头、村尾，那堆成小山的油光水滑的大西瓜，招来了远道而来的瓜商，他们大车小车往外拉，人们再也用不着为卖瓜而发愁。随着种瓜技术的普及和地方政府的正确扶持，我们这里成了远近闻名的西瓜之乡。

过　年

小时候常听大人说，大人盼插田，小孩盼过年。当初，我不清楚他们说的啥意思，后来才知道，早在中华人民共和国成立前，农村大部分水田都是掌管在富人手里，每到一年一度栽秧插田的季节，富人都是雇人帮忙的。插秧虽说是又脏又累的气力活，而且还是帮工，但是田主必须是好酒好菜，大鱼大肉款待大家。因此在那生活极端贫困的年代，穷人只有在帮人插秧的时候，才能一饱口福。中华人民共和国成立后，这种传统习俗也一直沿袭下来，每当插秧的时候，生产队长也得想些办法，吩咐杀头肥猪分给大家。对于我们这些孩子来说，都太盼望过年了，过年的时候不但有大鱼大肉吃，还可以穿新衣、放鞭炮、敲年鼓，跟在大人背后，走亲串户拜新年，一闹准得半个月，那才叫过瘾呢。记得每年的元宵节刚过，父亲就一边抽着旱烟，一边跟母亲合计着，在本来不多的自留地里，这块地里该种什么，那块地里该套种什么，仿佛一切都在为第二年过年而计划着。立夏后，当菜园边上的蚕豆成熟，母亲也舍不得给我们煮顿蚕豆粥尝尝，待到蚕豆老黑了，母亲便将那滚圆上好的豆粒拣起来，放在太阳下晒了又晒，然后装在坛子里留着过年吃。还有平时吃上几个老南瓜，母亲总是小心地将里面的南瓜籽掏出来，晒

干后照样藏起来，嘴馋的时候，我们兄妹同时向母亲提出抗议，为啥好吃的都得留着过年吃，母亲摇了摇头，什么也没说。

中秋节过后，乡下的红薯开始陆续收获，这时候大伙就开始忙碌起来，磨薯粉，蒸薯粉丝，每家都得蒸上一箩筐。拍薯果那是每家每户都不可少的，人们拣些个头大的好红薯，去皮后蒸熟，放些芝麻捣烂，然后做成薄片，晒干后剪成小块块，在大铁锅里面放沙子炒热，再把干薯果放进去不停地翻炒，最后用漏筛把薯果过滤，密封起来，随时拿出来吃，又香又脆，跟现在的薯片可有一比。

当时过年，没有像今天这样五花八门的果品。炒蚕豆、红薯果，便是过年待孩子的主要果品。腊月初，就算生产队的活再忙，大伙也要轮流请假开始做过年的油面，我的母亲可算得上是做面的高手，她做的油面又细又亮，把我们馋得想要吃面，母亲也只是给我们煮些面头面尾尾的，好面都被她收起来。到了腊月中旬的时候，大伙显得格外忙碌了，家家户户开始忙着做年糕，当听到年猪叫的时候，便已经开始闻到越来越浓的年味。

这时候最忙的莫过于那些裁缝师傅了，东家请，西家迎，有人甚至起早抢占裁缝的缝纫机。每当这时候，我的母亲也一刻不闲，我们兄妹多，每人一双粗布鞋，就够她忙上一阵子。我常常看见她借着煤油灯，通宵达旦做着针线活，眼睛熬得通红，也不肯歇手。因为她心里清楚，大年初一我们要是没有新衣新鞋穿，一定是赖在床上不肯起来的。时间过得好快，这一天很快来到了，腊月二十四过小年，我们这里有小孩起早到祖堂屋敲鼓的习俗。这一夜我们兴奋得几乎一夜没睡，子夜一点，我们就抢着去敲头鼓，抢到头鼓的，也就意味着来年大吉大利。大年三十，随着连成片的鞭炮声响起来，大伙一边忙着丰盛的年夜饭，一边成群结队地聚集到祖堂屋，端上美酒、猪头、鲤鱼，庆祝一年的丰收。

大年初一开始，道上便出现或牵着或抱着小孩的拜年客，每当这个时候，大伙显得格外客气，见面一句新年好，然后递上一支烟，一毛四一包的海鸟烟，两毛二一包的欢腾烟，为数不多的人还掏出飞马、大前门，大家也看不出有什么高低贵贱之分。正月初二随着拜年客潮涌般到来，最忙的是那些家庭主妇，也就是说上门的拜年客，包括亲房的客人，那是一定要吃茶的，我们这里招待拜年客的茶，不是茶水的茶，而是碗底下放猪肉、米粑、山药、豆腐、圆子，上面盛薯粉丝或是油面，满得堆起来会碰鼻子尖。有少数地方还有这样的风俗，在碗底下放只鸡腿，系上一根长线线，意思就是留着压碗底，不能随便吃的。因此，在一般的情况下，正月拜年，东家请西家迎的，吃来吃去都是吃那碗上面的薯粉丝和面条，碗下面好吃的得给主家留着，让他们继续待客。

我们邻村的张大妈，她家有一位亲戚脑子有些傻。记得那一年，一天这位亲戚来到她家拜年，张大妈赶紧煮碗茶端上来，这位亲戚将筷子在碗里一搅说："哟！好吃的都藏在碗底下。"他将面条夹掉，一眼便看见那只系着线线的熟鸡腿。他风趣地说："鸡腿还长出一个小尾巴。"接下来他风卷残云般吃个碗底朝天才罢休。

张大妈望着桌上的空碗，真是哭笑不得，在那样的年代也不能怪她太小气，往后半个月待客靠什么？

正月拜年喝茶的时候，将碗端上桌，主人总是喜欢拿双筷子往你碗里夹，名义上是亲戚很讲礼，实际上是监视你，本来打算趁人不备吃上两块好东西，有人站在旁边只好装模作样，推说吃不下去而放弃。

如今的小康年代，人们春节拜年，只是出于一种传统的礼

节走过场，匆匆完成任务，到谁家都推说肚子不饿而不吃，可是在早年的时候，一天只拜一处亲，按着近亲远亲慢慢来，一直要拜到元宵节，只有在这段日子里才可以享受一年一度的口福。“过了正月半，锣鼓高高放，男的打草鞋，女的搓麻线。”当人们念起这段顺口溜的时候，年已经宣布接近尾声了。我的父亲又开始一边抽着旱烟，一边跟母亲合计着下一年的事儿。

看 海

小时候，我曾问父亲：“山那边是什么？”“山。”父亲告诉我。“那边的那边呢？”父亲很不耐烦地对我说：“小小年纪就喜欢打破砂锅问到底，当路走到尽头的时候就是大海。”“大海有多大？”父亲接着告诉我说：“世上是三山、六水、一分田，茫茫大海无边无际。”

在后来的日子里我常听人说，海水是蓝色的还带着浓重的咸味。每当给菜加盐的时候，我就想起了大海。在我的梦境里，我把夜晚那蔚蓝的天空错当成了大海，把朵朵飘荡的白云当作浪花，我抱着闪闪发光的星星，在浩瀚无垠的大海畅游。

长大后，我成家立业，结婚生子，在我坎坷的人生历程中，为生计所迫，为养家糊口，我累、我穷，童年的天真和浪漫，渐渐跌进我现实生活的低谷，童年看海的念想，在我的脑海里时隐时现，渐渐淡去。

时间过得好快，不知不觉我已步入老龄，眼看童年的梦想将要成为泡影，在那夜深人静的时候，我呆呆地望着远方沉思，在遥远的天边，那里也许就是大海。

2014 年，我随家人来到浙江温州麦都仕服饰有限公司打工，公司老板非常关心员工，实施的是人性化管理。7 月底的一天，

公司里传出消息说：公司决定组织全厂员工赴福建某海边旅游。得到这样消息后，我觉得自己在做梦。当两辆豪华大巴向福建方向出发的时候，我才真正意识到，我儿时的梦想可以成真。

蓝天、白云、金沙滩，有什么比夏日的海滩更让人心醉，在这炎热的夏季，让我们一起去看海，远离工厂的喧嚣，感受无垠的海景，去尽情享受沙滩、阳光、海水、海风，去领略最纯最美的海景魅力。此时此刻，我只觉得胸口怦怦乱跳，一时间难以按捺激动的心情。

大巴车在弯弯曲曲的山道上缓行，我们真的恨不得插上翅膀飞向海边，迎着波涛，扑向大海的怀抱。我们转过一道弯又是一道弯，大巴车驶过一座山梁，又是一座山梁，当车行驶到大山尽头的时候，我们眼前一亮，蓝天、白云、金沙滩，蔚蓝的大海奇迹般呈现在我们的眼前。

午后的海边，阳光明媚，和风煦煦，蔚蓝的海水中露出水面的小山，衬托在蓝天碧水中间，沙滩舒展双臂向我们靠拢，呼啸的浪花在向我们招手，欢迎我们这些远道来的客人。

赤脚踩在海边的沙滩上，细细的沙粒给人一种软绵绵的感受，我们就像是一群久离水面的鸭子，扑通扑通地扑向大海的波涛中。我们头枕着起伏的波浪，时卧、时仰，随着海浪漂荡沉浮，让温馨的海水冲刷我们所有的烦恼和疲劳，尽情地享受阳光、海水、海风、大自然赐给我们的快乐。

有人说，最精彩的莫过于在大海看日出，然而当夕阳靠近海平线的时候，也是一样的精彩。眼前呈现的是金色的沙滩，金色的波涛，金色的海面上，一个个晃动的身影，也被染上了金色。

当夜幕降临，我们仍然玩得不尽兴，但也只好无奈地走向岸边，一次又一次回过头去，停下脚步，倾听大海的呢喃。当我们挥手向大海告别的时候，我们的心情就像海浪一样激动。今天，我们终于认识了大海，带走的是大海那永恒的记忆，再见了，大海！

情话温州

走出去的是海，回过头来的是州。温州，您是一片温暖的绿洲；龙湾，你是一处藏龙的海湾，那星星点点的村落就像是蛟龙身上的鳞片，又有人说像是泊在港湾的小船，纵横交错的塘河水，就像是一条条银色的飘带，将小船和小船拴在一起。在我没来温州之前，早有耳闻，温州是著名的水乡。百闻不如一见，就在2013年，我有幸随着家人来到了温州。温州的山水让我眼前一亮，果真是名不虚传。当我走进温州的名山——雁荡山、瑶溪山怀抱的时候，我流连忘返，大开眼界，更让我赞叹的还有温州的江，温州的河，温州的水。当我站在瓯江岸边，抬头看见江天辽阔，两岸峰峦起伏，脚下是滔滔江水，浪花拍岸，江边碧绿葱葱，一座座现代建筑拔地而起，跨江大桥宏伟壮观。此情此景，恍如走进山水画廊。初来温州，虽说有些陌生，但是温州的山水，却是让人感到特别的亲切，站在温州的任何地方，眼前到处可见纵横交错的塘河，衬托着河岸的青砖瓦屋，小桥流水。环顾塘河两岸，那是青石精砌，绿树成荫，大理石围栏亭亭玉立。村村有桥，户户通水，屋下有水，水影有屋，屋屋有巷，巷巷相通，你仿佛走进一个淳朴的古色古香的世界。

温州人有着一种独特的诚信和宽厚。富裕的温州人，能给人带来一种厚德载物的启示。温州四通八达的水域资源，古往今来，曾给人带来不少的生活便利。就是在这车水马龙的今天，我常常看见从塘河上游漂来的小船，船夫一边摇着桨，一边轻车熟路地将船停靠在岸边人群密集的地方，从船上卸下那水灵灵的新鲜水果和蔬菜。立马就围上来一大群人，船上的菜农一边过秤一边收钱，脸上洋溢着喜悦的表情。闲下来的时候，我也喜欢和当地人拉拉家常，从闲聊中得知他们那些有趣的往事，偶然谁家来了客人，家里没有准备，但是家中的主妇似乎一点也不着急，不慌不忙，一边整理锅灶，一边拉起屋外的渔网，一会儿，网里便网上了活蹦乱跳的鱼虾。眨眼工夫，一盘盘烧的鱼，炸的虾，热气腾腾的下酒菜端上了桌，让客人一边品着自家酿的美酒，一边津津有味地品尝着水乡的美味佳肴。

众所周知，温州人除了有敢为人先、吃苦耐劳的创业精神，更看重的是文化。处处可见的文化礼堂里，常常传出京剧、越剧、瓯剧那动听悠扬的唱腔，给人带来一种浓浓的文化氛围和美的精神享受。一年一度的端午节龙舟赛，已经成了温州人的文化传统，给这里的塘河水带来一道亮丽的风景线。从那参赛人有力的号子声听得出，劲往一处使，团结就是力量，步调一致，勇往直前就是胜利。自古道：有水才有脉，是温州独特的地脉，造就了温州人世世代代人才辈出。有人说：温州是出诗人和作家的地方。

众所周知，早在20世纪80年代，温州人就走在改革开放的最前列，因此，吸引了祖国四面八方的人们来这里打工谋生。他们在这里与勤劳的温州人一道，用辛劳的汗水，携手打造温州这座美丽的滨海城市，同时他们辛劳的付出，也换回了丰厚的回报，从大山里走出的人们，终于告别了贫困。记得当年，我家邻居的三个儿子是借路费来到温州的，他们在这里吃苦耐

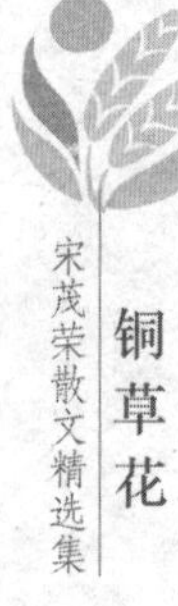

劳，一路打拼，终于闯出了自己的一片天地。他们在这里生儿育女，购房买车，已经有了自己的公司，看得出他们已经成了真正的温州人。温州是他们的第二故乡，从他们的口里常常听到这样的话：温州真好！

教师节的尴尬

2013年下半年，我们举家来到浙江温州打工，孙子由于转学不便，继续留在家乡我那当教师的妹妹家中寄读，孙女便和我们一起来到了温州。我们费了很大的周折，总算在附近一所公办小学为孙女报了名。我的儿子儿媳都在一家服饰公司担任管理职务，工作很忙，接送孙女及与学校一切相关的事宜，都由我这当爷爷的全权负责。为了尽量把工作做得到位，我努力去克服人生地不熟的困难，与孙女的班主任，学校的老师，甚至包括学校门卫室的保安叔叔套近乎。我殷勤客套，很快便与他们打成一片。

和孩子们在一起，是我最快乐的事情。每天接送，我都做到准时无误，我把孙女送到校门口时，孙女总是一转身，朝我挥挥手说："爷爷拜拜！"放学铃声响过，孙女一边朝学校门口跑来，一边老远就喊："爷爷！"向我迎上来。每当这时，我总是笑在脸上，甜在心里。然而就在开学后不久的一天早晨，正当我沾沾自喜，甚至有些佩服自己的工作做得轻车熟路的时候，学校里出现的现象，却让我一脸茫然。今天真怪，学校门口那些成群结队的学生家长，双手捧着的，只手提着的都是那些昂贵的花篮，有人甚至还提了礼品，莫非是老师过生日？不

对。是校庆？也不对。带着种种猜疑，我还是采取不管闲事的态度匆匆离开了学校。中午放学，我去接孙女的时候，只见她把小嘴翘得老高，老远就冲着我喊："爷爷真坏，今天是教师节，全班的同学都给老师送了花和礼物，就我一个人什么也没送。"孙女说到这里，委屈得差点要哭了。这下我恍然大悟，知道自己摊上大事儿了。我一边安抚孙女，一边千叮嘱万叮嘱，让孙女在父母面前一定要为我保守秘密，省得儿子儿媳又要埋怨我做事不靠谱。

人常说：好花插在前面，因此后来我也没有采取补救措施。这场风波总算平静下来。然而第二天放学时间都过去半个多小时了，孙女班上的同学早就放学回家了，可孙女怎么还没出来？我只好怀着忐忑不安的心情，厚着脸皮去教室打探。我隔着教室的门缝往里一瞧，只见孙女站在班主任语文老师面前，背诵课文中的一首唐诗。我从门缝里见识了老师的苛刻，连背错一个字也不放过，孙女只好回座位复习后重来。看到这样的情景，我真为孙女感到委屈，不就是一束花吗？

回家后，我怀着复杂的心情，翻开孙女的作业本一看，不对呀！孙女的作业是改得那样认真，错误的地方都用红笔圈上，并且还标上正确的答案。真的又让我有些迷茫，一时间真的让我有些丈二和尚摸不着头脑。再一天下午放学的时候，孙女像往常一样蹦蹦跳跳走出了校门，手中高高举起一束小花，老远就冲我喊道："爷爷！我的作业写得认真，老师奖我一束小花啦！这下可好，我们没给老师送花，老师倒给我们送花来了。"

就在教师节后的第三天，孙女告诉我说，班主任通知，全班的同学家长下午来学校参加班会。我一下子闹了个大红脸，作为孙女的家长代表，我也只好厚着脸皮去装糊涂。上课铃响了，家长和同学们挤坐在教室里，我望着教室花满为患，心中感到万分愧疚。我坐在那里耷拉着脑袋一言不发。班主任蔡老师笑眯眯地走到讲台前，用一种轻轻的甜甜的语气发话了：“家长们好！非常感谢大家在百忙中抽出时间来参加我们的班会，同时也感谢家长同学们在教师节为老师送花，不过话得说回来，教育和培养好学生，是教师的职责和义务，我们希望学校和家长携起手来，为孩子们共同撑起一片蓝天。孩子是国家的未来，祖国的花朵，将孩子培养成有文化、有道德、有修养的下一代是我们的责任，并将为之而努力。教师节同学给老师送束小花，说明同学们对老师的尊敬，这也在情理之中，可是有些家长送来了昂贵的花篮，甚至还有人送来了礼物。你们大多数人是在外的打工族，养家糊口也不容易，而且这种奢侈会给孩子带来不好的影响和负面作用。我今天找大家商量一下，小花我收下，哪位同学作业写得认真，我就奖他一束小花作为鼓励，这些花篮、礼品我都及时进行了登记，麻烦大家带回去，下不为例。明年的教师节，我已经想好了，开展同学们为老师说一句话、唱一首歌、画一幅画活动，谢谢家长同学们配合。”教室里顿时响起雷鸣般的掌声。

谢天谢地，我心中的石头终于落了地。然而让我万万没有想到的是，半路上杀出了一个程咬金，孙女举起了小手站起来说：“报告老师，我的爷爷真是好样的，他连一朵小花也没送。”好家伙，孙女的一席话，让我闹了个大红脸，我真恨不得有个地缝钻进去。我急中生智，急忙来个临场发挥，挺起腰板站起来说：“在教师节后，我代表学生家长给老师送上一句话：谢谢老师，您辛苦了！”

堂叔

我的堂叔和他的两个儿子，算得上是和睦相处。可是近来却因为一些鸡毛蒜皮的事儿，磕磕碰碰。那是随着堂叔的儿子，我的两个堂弟各自先后买了私家车开始的。按照常理，现在儿子们都有出息了，在城里安了家，又添了新车，吃了大半辈子苦的堂叔，应该高兴得合不拢嘴才是，还有啥矛盾呢。用堂弟的话说，老爸吃了一辈子的苦，现在终于熬到了好年代。既然买了车，堂叔出个门，就应该让孩子们送送，也风光风光，也是晚辈们的体面。可是我家的堂叔却不以为然。用堂叔的话说，爹娘生俺一双腿不是走路的吗？虽说人老了，但是自己的一双铁脚板还是闲不住，说着说着他的故事又来了。

堂叔13岁那一年，有一天，随九江的亲戚去九江，那时没有车，路也没有现在这样好，他还挑了30多斤的山货，靠两条腿跟着亲戚步行。我们这里离九江有130华里的路程，还没有走到一半，堂叔就走不动了，赖在半路不肯走。亲戚也没有办法，只有哄着他："转过弯就到了。"等转过那道弯，堂叔又赖着不肯走。亲戚没办法，接着往前哄："转过前面那道弯就真的到家了。"就这样一边哄，一边走。人说九里十八弯。他这可是一弯十八里，也不知亲戚哄了多少遍，也不知转了多少弯，他们终于看到九江的万家灯火。是的，也就是亲戚的那一句充满希望的话“就要到了”，激励着堂叔终于成功走到目的地。有了第一次，就不愁第二次、第三次。后来堂叔不知往返了多少次，终于练出了一双远近闻名的铁脚板。每当堂叔讲到这里，我总是向堂叔伸出大拇指说：“佩服。”堂叔却不以为然。他说他的长辈，也就是我的爷爷那辈的人，肩挑一百几十斤的片柴到三十里外的集上去卖，一天要走四个来回。这还算不上什么，在抗日战争时期，日本鬼子将交通封锁，很多物资运输线被切断，老百姓为了活路，总是肩挑上百斤的物资上路，为了躲过鬼子的岗哨，他们总是绕道行走在那些密林险峰中。每天步行上百里，一走就是一个月，贯穿好几个县，那才叫真功夫呢。看今天的人，吃饱了，喝足了，连走路都懒得走，真是没办法。说到这里，堂叔又讲了一段小插曲。前些日子，堂叔和他的儿子们乘车去亲戚家做客。由于车流拥挤，车走得非常缓慢，车行到半路，堂叔一着急下了车，三步并作两步走。当他来到亲戚家好大一会儿，儿子的车才开过来，堂叔乐了：“想不到我这两条腿赛过了四个轮子。”

堂叔和儿子们的矛盾激化，在我看来也只能算是鸡毛蒜皮的事儿，你堂叔坐车也行，不坐车练练腿也是好事。可是堂弟硬说他老爸老古板，不开化，弄得他们晚辈没面子。我想，这实际上不是他们父子的冲突，而是父辈与晚辈两代人各自不同的社会环境形成的个性矛盾，有时他们争得面红耳赤，我想解解围也是左右为难。用堂弟的话说，如今买车是年轻人的一种时尚，有车子有面子。我最后还是倾斜堂叔这一边。如今的人，简直是足不出户，久而久之，要是人的双腿哪一天真的退化了，那还算得上体面吗？

猎　虎

每到冬天下雪的时候，我就情不自禁地想起儿时的那场大雪。虽然已经过去了五十多个年头，回想起那发生在雪山的一幕，至今仍然让我毛骨悚然。

20世纪60年代初的一个冬天，十年不遇的一场大雪整整下了两天两夜，厚厚的积雪将大地覆盖得严严实实，山上的树木由于承受不了积雪的重负，噼噼啪啪的被拦腰截断。村子里唯一的通往山外的道路也被大雪封锁了，人们只能老老实实坐在火塘边上烘火取暖，而我们几个小伙伴却坐不住了，摩拳擦掌，秘密地筹划着我们的捕猎计划。我们的村子坐落在一个大山冲里，四面的大山将村子围得严严实实，这里气候宜人，小溪里的泉水冬暖夏凉，因此，什么花猫、黄羊、野兔、穿山甲等十多个种类的野生动物群体喜欢长年在这里安家落户，把个大山弄得千疮百孔。每年的冬天，只要一下大雪，我们就一下来了精神，而且希望雪下得越大越好。因为我们已经掌握了这些野生动物的生活规律，每当下雪天，躲在洞里的野兽饿急了的时候，会不顾寒冷出来觅食。然而这些可怜的生命，它怎能想到，那踩在雪地上一行行清晰的脚印，给我们留下了跟踪它的蛛丝马迹。每当这时，我们便干起了乘兽之危的缺德行动。顺着脚印一路跟踪，看到脚印消失的洞口，我们乐得手舞足蹈。也不知从哪里学来的术儿，赶紧给洞口塞上稻草、烟筋，将稻草点燃后，用大蒲扇拼命往洞里扇，去熏那藏在洞里的野兽。随后我们就静待在洞口，守株待兔。待洞里的野兽呛急了，往外逃窜的时候，我们就逮它个措手不及。然而事情往往并非我们想象的那样简单，当你用芭蕉扇拼命往里扇，等它来闯火焰山的时候，它早已从后门溜之大吉，狡兔还有三窟呢。尽管我们每次的行动收获甚微，然而干起来就像中了邪，有瘾。

第二天，雪终于停了，大清早我们便背上了足够的稻草，烟筋，还有干辣椒，带上小狗出发了。我们连滚带爬，踩着深深的积雪，好不容易爬到一个半山腰，在一个石洞口，小狗突然赖着不走了，对着石洞汪汪叫个不停。有情况！我们一下子来了精神。来到洞口，我们惊喜地发现，两排清晰的脚印消失在石洞口。我们迅速地行动起来，点燃稻草后，还特地添上很多烟筋、干辣椒，呛得人直流鼻涕。一阵忙碌过后，有人还神兮兮地说似乎听到洞里有动静和野兽的咳嗽声。就在我们很有把握地等待这个激动人心时刻到来的时候，却迟迟不见洞里的野兽突围。这十拿九稳的好事，难道就这样黄了吗？为了不输这个理，我们决定刨开洞口一探究竟，当即派人下山取来锄头铁锹，七手八脚刨开了洞口的土墩。我们将头伸进石洞一看，透过一道石坎，一米多远的地方，一双铜铃般的眼睛虎视眈眈对着我们。我们一下子来了精神，似乎眼前的胜利果实唾手可得。我们用随身带来的带尖的铁棍，将头伸进洞里，同野兽展开了近距离的厮杀。我们用铁棍向野兽身上乱刺，只感觉它身上软软的，每刺一下，都会听到它发出一声惨叫。令人奇怪的是，我们与它拼杀了数小时之后，仍不见它有突围和向我们反扑的迹象。它似乎在护着什么，故意跟我们磨时间，玩持久战。眼

看夕阳西下，黄昏即将来临，我们被迫要放弃的时候，突然本村几个打猎的大人路过这里，看到我们这里的情景，喜出望外。他们迅速找来了实用的利器，钻进石洞，展开了一场惊心动魄的拼杀。几声撕心裂肺的惨叫之后，两只野兽被拉出洞外。好家伙，大伙几乎惊出一身冷汗，两只几十斤重的大豹虎，直挺挺地躺在雪地上。人们欢呼雀跃，抬着老虎下了山。一时间打死两只老虎的消息在村子里炸开了锅，人们奔走相告，山村里闹得沸沸扬扬。我们不但成了景阳冈上的打虎英雄，而且还名利双收，卖了虎皮、虎骨和虎肉，又为民除害有功，政府相关部门还按每只老虎奖励陆拾元人民币，每人净分贰拾多元。然而就在打虎的第二天晚上，我这位打虎英雄却像狗熊一样跪在父亲面前低头认罪。父亲指着我的鼻子骂："要是老虎稍微动一下，你的小命早就没了。说句实在话，事后我真的有些想不通，不是说老虎最厉害的有三掌嘛？当我们这些娃娃将头伸进洞里去要老虎性命的时候，别说是三掌，只要它轻轻甩出一小掌，我们的小命就没了。"那一年我刚满十岁，时间过得真快，一晃五十多年眨眼便过去了。回想当年那些活跃在大山深处的野生动物群体，今天已濒临灭绝，回想起当年猎虎的那场恶作剧，我的心中便泛起阵阵自责和愧疚。要是那次我们能放虎归山，如今那一对虎夫妻要生下多少虎子虎孙。五十年前谁要是捕杀了老虎，不但不罚，而且重奖。亡羊补牢并非坏事，要是将今天的打击力度推前三四十年，我想这个濒临灭绝的野生群体也不至于落得今天这样尴尬的局面。什么一山不存二虎，我在那次猎虎中发现，老虎的感情不比人差，在大难临头的紧急关头，用身体挡住利器，来保护母虎的就是那只公虎。什么谈虎色变、养虎遗患、龙争虎斗、虎视眈眈，我倒认为老虎并不可怕，可怕的是人。

话 牛

我真的有些弄不懂，自远古以来，牛，这个庞然大物，却心甘情愿为人类效力，听从人使唤，让人牵着鼻子转。因此，在历史的词典中，曾留下不少与牛相关的词句，什么牛头马面、作牛作马、老牛拖破车、九牛二虎之力、牛角往外拐、牛郎织女、一朵鲜花插在牛粪上等等，数不胜数。关于人与牛的故事，1932 年，伟大的鲁迅先生也曾写下了“横眉冷对千夫指，俯首甘为孺子牛”，他用这样的名句来激励大家的革命意志。后来甚至有人把牛放到了与人平起平坐的位置上，比喻说牛劲，牛精神，甘愿做革命的老黄牛等等，颂扬和提倡老牛那种大公无私和吃苦耐劳的精神。

每当春天来临，在乡村的小道上，处处可见肩挑犁耙的人们赶着老牛的身影。田野里，戴斗笠穿蓑衣的扶犁人，挥舞着手中的牛鞭，不停地吆喝，被翻耕的水田里溅起片片水花。凌晨牧童骑在牛背上，吹起一曲曲动听的牧歌，此情此景曾给人留下多么难忘的诗情画意，曾让多少文人墨客留下多少难得的传世佳作。

然而我的童年，虽说没有童话中牧童的浪漫，但命运却让我与牛结下了不解之缘。当年在生产队，我的父亲是种田的好手，

更是犁田的高手，他犁的田又细又平整，生产队的田大部分都是他犁的，父亲和牛算得上形影不离。记得有一年，生产队买进了一头身强力壮的大公牛，力气出奇的大。当我的父亲将它套上犁后，它几乎一整天都是一溜小跑，把我的父亲乐得直夸它是台拖拉机。这头牛虽然力气大，可是脾气也大。有一次放养这头牛的小孩牵着它在田埂上吃草，突然只听“咚”的一声，小孩被牛像踢球一样踢进水田里。这可是人命关天的大事。生产队长急得直跺脚，决定将牛卖了，可是父亲舍不得。他说这头牛一头能顶两头用。正当生产队长左右为难的时候，正巧我辍学在家，父亲决定让我接替这桩美差。我虽说心里非常害怕，然而父命难违，因为父亲向来是说一不二的。无奈之下，我便想出了一个先发制牛的绝招。我将牛拴在牛栏柱上，用一根长木棍劈头盖脸一顿猛打。这一招果然奏效，后来当我牵着它放养的时候，它总是躲着我的长木棍，不敢轻举妄动。然而时间一长，我便不自觉地放松了警惕。这头畜生似乎发现了我的破绽。它在寻找机会向我发起攻击。一天早晨，当我无意中站在一个石崖边上的时候，这头畜生竟突然攻击我，将我踢下了石崖，致使我跌得头破血流，被送进了医院。父亲望着半死不活的我，伤心地流下了眼泪。老天爷保佑，我的小命总算是保住了，但落下了病根。生产队长急红了眼，找来几个人一合议，决定给公社报送批条，把这头畜生给宰了。当时我虽说对这头畜生恨得咬牙切齿，但一听说要将它宰了，我的心立马就软了下来。我立刻回想起大人们提起的一桩往事，那是在“三年困难时期”，生产队有头老牛病倒了。当时那些饿得半死不活的人们，便打起了杀掉老牛的歪主意，但是谁也下不了手。后来有一个杀过猪的屠夫举起了铁锤向老牛的头上砸去。老牛流着眼泪，双腿跪地，嘴角淌着白沫，不停地哀叫，它似乎在向屠夫求情，“这位大叔放我一条活路吧！”可是屠夫没有放下铁锤，老牛终于倒下了。人们非常高兴，接连饱餐了几顿。听说许多年后，那位屠夫突然得了暴病，后来慢慢拖死了，人们便神兮兮地议论说，也许是那头牛鬼找到他，让他得到了报应。每当回忆起这桩轶事，我简直害怕得毛骨悚然，夜夜做着噩梦。我也梦着这头伤我的畜生，两眼流着眼泪，跪着向我求饶，求我放它一条活路。说句实在话，我的心早就软了。我拖着带病的身子每天都为它割上几捆青草，有时还偷偷从自己的菜园里割一些自家喂猪的红薯藤，为它改善生活。有一次被母亲发现了，骂我牛角往外拐。起初我给它送料，只见它缩在牛栏角落低着头，不敢正视我，当我给它扔去草料时，它已经意识到我没有恶意，慢慢向我靠拢来讨好我，试图用舌头来舔我的手。

在后来的日子里，我急得像是热锅上的蚂蚁，非常害怕从前那头老牛的悲剧在我的身边重演。世上的事儿真的是无巧不成书，正当生产队向公社递交申请批条的时候，公社正在下达一个打击偷盗和严禁屠宰耕牛的通知。当时流传这样一句顺口溜：庄稼无牛，客无本。意思是说，庄稼人没有耕牛，就等于做生意的人没有本钱一样，因此政府对于耕牛的保护非常重视。公社的批条没有得到批复，生产队的计划泡汤了，大家急得直跺脚。我却如释重负，就像千斤石头落了地。后来生产队只好将这头犟牛转卖给了别人。记得那天，我为它送行的时候，它总是不时地回过头来，依依不舍地望着我。我觉得牛似乎通人性。

多少年过去了，我常常回想起童年的放牧生涯。尽管它曾经给我带来过苦恼和伤害，然而那些熟悉的身影仍然在我眼前呈现，那听惯了的牛叫声不时在我的耳边鸣响。我特别爱听那收割季节的打麦场上，牛拉石磙发出的那动听的声响，它就像一首催眠曲，将我带进儿时的梦乡。

如今，农村已经起了翻天覆地的变化，往日在那闹春耕的日子里，扶犁的老农挥舞着手中的牛鞭，伴随着忽高忽低的吆喝，田野里人和牛忙碌的身影，仿佛在一夜之间突然消失了，取而代之的是农机的轰鸣。是呀，我们终于告别了几千年沿袭下来农村落后的生产模式了。在高兴之余，心中难免泛起一丝淡淡的惆怅。人与牛相依为命，和睦相处，风风雨雨一路走来，终于走到了尽头。人们突然反目为仇，大开杀戒，无情地将牛推向餐桌。当一盘盘烧的、烤的美味佳肴端上桌的时候，我只感到胸口一阵阵隐隐作痛。伤心之余，不能不使我想起一句成语“卸磨杀驴”。

我为草根文化喝彩

开始读书，我就喜欢作文，也许是作文写得还算可以，读二年级的时候，就被班里推选为学习委员和少先队中队长。可是好景不长，由于家庭出身问题，两年后就被免职。读完小学我便辍学了。洞中方一日，世上已千年。当我从蒙眬中苏醒，一步一步爬出那个冰窟窿的时候，望着春回大地那盛开的一朵朵山花和散发出扑鼻的花香，我好羡慕。

在放牛的山坳上，在割禾的田野边，在农民工的工棚里，有时我也会心血来潮，想把我的喜乐哀愁写出来。忘记带纸的时候，手心便是我的稿纸。遇到有人来的时候，赶紧把没写好的纸片，塞进我的上衣口袋，就像是小偷当场被抓，羞得满脸通红。写的这些只言片语，我给它起了一个好听的名字“二手诗”，因为它从来没有占用我的工作时间。要说二手的商品，它是那样的低廉，但我的二手诗在我心里的分量却是很重。有时候，我也把我的诗，比作一张东拼西凑打满补丁的渔网，它能网鱼？我向自己提出质疑，我想哪怕只能捞些小虾，也可以炒个小菜，伴壶水酒，自我陶醉好了。

年复一年，日复一日，我沉思脚下走过的路，望着山外的天空发呆。终于有一天，我打开窗户，吸上一口新鲜的空气，

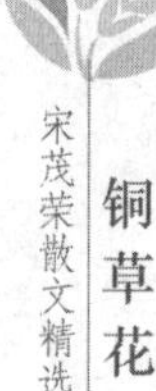

映入眼帘的是一个春意盎然、文化繁荣的世界。《星光大道》成了多少英才施展才华的平台，“大衣哥”，一个农民的儿子，一位朴实的山东汉子，他响亮的歌喉，唱响了春晚的舞台。杨成军的打工诗，在农民的工棚里萌发，不能回家，他把诗当作家书与妻子传信，就像银铃碰银铃一样好听。我祝贺祖国文化大繁荣的百花洲，终于给老百姓带着泥土芳香的草根文化一个不小的舞台，我愿做一个忠实的粉丝，为它擂鼓助威、摇旗呐喊。

重阳爹

小时候，村里有位和蔼可亲的老人。或许他是重阳节出生的，人们管他叫“重阳爹”。重阳爹是个乐天派，遇人遇事总是笑呵呵的，大事小事很少跟人计较，因此，大家都很喜欢他。有空的时候，大伙喜欢凑在他身边逗逗乐。重阳爹家里虽然过得清贫，但是他死要面子，愿叫三声有，也不叫一声无。有人逗他说：“重阳爹，早饭吃啥呀？”他哈哈一笑说：“瘦肉丝泡面呗。”人们揭开他的锅盖一看，“呀！重阳爹，你啥时学会魔术了，怎么瘦肉丝变成干薯丝啦。”只见重阳爹笑得前仰后合。

重阳爹不但人好，而且非常勤快，他种的芋头和红薯个头特别大，每当收获的时候，他总是挑着两筐满满的红薯，绕到人多的地方，听听大伙的赞扬。“重阳爹，你种的红薯个头怎么这么大呀？”只见重阳爹乐得不停地笑。他说：“拜俺为师学两招吧，保你种得跟俺一样大呢。”这不，光顾说话，没留神，脚一滑，重阳爹摔倒了，两筐红薯滚落一地。不好，露馅儿了，筐子下面全是小的，个头大的都在上面。大伙急忙扶起重阳爹，忙着往筐里装红薯。重阳爹急了，脸涨得通红。他朝筐子里的红薯骂：“死不要脸的烂红薯。”人们第一次看见他发这么大的火，只听见有人悄悄说：“老炮筒终于走火了。”重阳爹去

世后，村里的人们似乎觉得少了些什么，不时有人念叨他。说来也巧，村子里原先一些爱“打炮”的后生，再也不敢“打炮”了，他们害怕跟死鬼重阳爹扯在一起。

六十岁的童年生活

要说儿子的童年生活是幸福的，那我的孙子孙女的生活可以说是锦上添花了。他们的父母将他们一生下来，就踏上了打工的征途，照管小孩的任务，自然而然落在我们老两口的肩头上。孙子要上小学了，学校离家有五六里路程，接送孙子孙女上学的任务，也落实到我这当爷爷的身上，陪着孙子上学，这是我最开心的美差。有时我还教他唱两首儿歌，念几首唐诗，心血来潮的时候，我还编上几句顺口溜，然后告诉孙子说，这是爷爷自己编的诗。听说是爷爷自己编的诗，孙子学得非常认真，三下两下就背熟了。就这样，我似乎一下子也回到自己的童年时代。有一次，孙子突然问我说："爷爷小时候也由大人陪着去上学吗？"我背过脸，用袖头擦去眼中的泪水。"爷爷，你哭啦！"我为什么要把那些伤心的往事告诉自己的孙子呢？就是告诉他，他也听不懂。我只好破天荒的向孙子撒谎说："一只飞虫窜到爷爷眼里去了。"孙子连忙说："爷爷你蹲下来，我来帮你吹吧。"我连忙岔开话题，"瞧！你这喜羊羊的新书包多漂亮啊。"孙子连忙说："爷爷，你小时候上学的书包漂亮吗？"我掏出腰间那条保存了五十多年的红丝带，"这就是爷爷当年的书包啊！"孙子感到特别好奇，"一条绳子怎么能

装书呀？”我从孙子的书包拿出两本书，亲自给他做了个示范。我指着捆在书上的一横一竖问孙子：“这是个什么字？”孙子毫不犹豫地说：“十字呗。”“那它的另一面呢？”“也是个十字。”“是呀，那爷爷小时候的书包，算得上是十全十美呀。”孙子又问爷爷：“爷爷，你只念过两年书，怎么会编诗啊？”我很开心地告诉孙子：“那是爷爷用锄头从地里掏出来的呀。”孙子把嘴一翘说：“爷爷的童年真像蜗牛，背着一个沉重的壳不说，留给爷爷的是一条潮湿打滑的路，难怪爷爷总是走

作者与爱人于瑶溪留影

不动呀。”

要想带好孩子，自己必须学会做个孩子。有时候，孙子将手中的娃娃饼、辣条塞进我嘴里，问：“爷爷，好吃吗？”“只要我的宝贝孙子喜欢吃我就喜欢吃。”是呀，就连晚上看电视，我们也有明确的分工，除新闻联播和天气预报归爷爷、奶奶，少儿频道就由他们支配。其实少儿频道对我来说也是非常重要的，闲时，我同老伴开玩笑说：“人家说‘三陪’，现在为了带好孩子，不知道要学会几陪呢！”当然，最犯难的是你必须及时准确地回答孩子们的提问。记得有一次，孙子好奇地问我说：“你见过真的大灰狼吗？”我逗他说：“不知是狼没吃到羊，还是羊算计了狼，反正现在的羊群倒不少，狼却没有了。”孙子急了，他捶着我的背说：“爷爷真坏，帮着坏狼说话，罚爷爷给我们讲个故事吧。”我哪敢抗令不遵，急忙搬些凳子，到屋外的场子上，开始我们的故事会。“今晚的月亮真圆呀！爷爷就给你们讲个月亮湾的故事吧。”

“孩子们，你们看，月亮像一面明镜悬在高空，将黑暗的大地照得通明。”孩子们仰望星空，“爷爷，星空到底有多大呀？教我们数星星吧。”“孩子们莫急，好好学习吧，等你们长大了，那时太空建了空间站，你们可以乘坐太空飞船，去空间站旅游，举着天文望远镜去数星星到底有多少。”孙子接着问我：“爷爷你最喜欢的是哪两颗星星啊？”我开心地告诉孩子们：“启明星，还有太阳。”孙子连忙站起来说：“爷爷，那你给我们讲讲启明星的故事吧。”“好吧，那爷爷就送给你们一首《启明星和太阳》的诗吧。”

太阳、童话
启明星曾经来催过

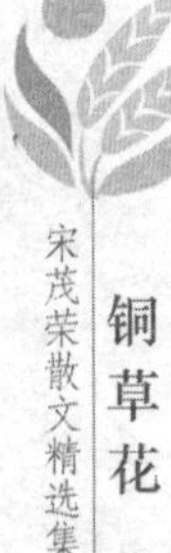

通红的丝绵被里
太阳探头探脑的不肯起床
在那个闪着星光的夜晚
藏在那个遥远的天边
偷听奶奶给孩子们讲的童话
也许是早晨他睡得太熟
一觉醒来发现自己尿床了
把整个早晨溅得湿漉漉的
瞧！他那张娃娃脸羞得通红
从朦胧中一路走来
早晨清醒了
农家小院升起的炊烟
在山沟沟里打转
年迈的爷爷、奶奶
也许早已习惯
他们的孙子要去赶那趟
开往春天的校车
走在弯弯曲曲的山道上
孩子们那首唱不厌的歌
我们是早晨八九点钟的太阳
在山谷里久久回荡

苦柿

说到柿子你也许马上会联想到一个字“甜”，当你拿着一个熟透的柿子，剥开那层薄薄的柿皮，里面便露出红红的柿仁，咬上一口，从嘴里甜到心里。然而我的一位在小学任教的朋友却告诉我说，在他学校旁边的山坳上，生长着一棵苦柿，他还为这棵苦柿写了首小诗《苦柿吟》。我听后心里嘀咕，一棵苦柿，何足挂齿。但当我细细品读他的小诗后，真为他的独特见解大开眼界，原来他巧妙地采用一种拟人的手法，描写这棵苦柿没有自卑自弃，而是任劳任怨，高风亮节，把苦留给自己，将快乐和微笑留给他人的高贵品德。他的这种灵感，是源于他自己真实的生活。那一年他的腿意外受了伤。在住院的日子里，他一边忍受着腿伤的巨大疼痛，一边还牵肠挂肚地念叨着他的孩子们。在腿伤还没有痊愈的情况下，他就迫不及待地回到了课堂，用他自己的话说：“只有和孩子们在一起，心才踏实。”他的腿不便长期站立，便找来个凳子，站一会儿，再坐一会儿，继续为孩子们授课。常常听到他念叨着这样一句话：“再苦再累千万不要耽搁孩子们。”正是有成千上万像他这样的园丁辛勤地付出，我们的国家才大有希望，后继有人。正因为有这种把苦默默留给自己，将微笑和快乐留给别人的品德，我们的社会

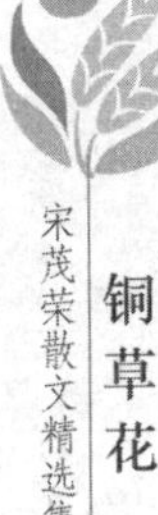

才出现了数不清的助人为乐、可歌可泣的动人事迹。我们今天的幸福生活，那是多少人用辛苦，甚至不惜牺牲自己生命换来的。朋友的这首《苦柿吟》不正是颂扬了这种可贵的精神品德吗。

> 山坳上的那棵苦柿，顶酷暑，冒严寒，亭亭玉立，枝繁叶茂地生长。春天开花，夏天挂果，秋天那些成熟的果实压弯了枝头。每当寒冬来临的时候，那些甜柿光着枝丫，在寒风中颤抖，而这棵苦柿的枝头上，却还是挂满了红彤彤的柿子，就像是挂在树上一个个含笑的红灯笼，迎接着春天的到来。

名人背后的故事

民间剪纸艺人朱朴光出名了，他的名字红遍了大江南北。在那些耀眼的荣誉背后，却深深地隐藏着那些不为人知的故事。

1956 年，他出生在江西省瑞昌市夏畈乡上朱村一个普通的农民家庭。兄妹六人，他排行老二，支撑着这个八口人的大家，唱主角的唯有他父亲一人。父亲在当地虽说是一个小有名气的砖匠师傅，但在生产队挣工分的年代，他也只能是农忙务农，农闲才给人做些零活。收的工钱，除了上交生产队记工分外，一天可以棵留两毛钱来贴补家用，因此一家人的生活过得非常拮据。他的父亲是个有远见的人，总是希望自己的子女将来有出息，用他的话说就是砸锅卖铁也得让孩子们多念些书。可是在那个学校停课闹革命的日子里，念书的孩子们也只不过是打打杀杀混混日子罢了。早在孩童时候本性调皮活泼的他，却有一个与众不同的爱好。当他的同龄小伙伴们聚在一起打弹子、玩捉迷藏的时候，他却喜欢躲在一边搓泥巴、捏泥人，玩得非常入迷。你可别小瞧了他。他捏的小狗、小猫，还有小泥人，瞧瞧那鼻子、那眼睛，可神气呢，惹得那些小伙伴们爱不释手。当父亲发现他在捏泥人儿，真是气不打一处来，恨铁不成钢。父亲叹口气说："想不到我这个跟泥巴打一辈子交道的老爸又生了个捏泥巴的儿子，真是没长进呀。"

朱朴光先生正在进行创作

泥人儿捏不下去了，因为他犟不过父亲的脾气。他的心里突然萌生了一个新的念头。打那以后，他房间的墙上、地上、作业本上，到处都留下他画的没有尾巴的小狗和忘了画耳朵的小猫，惹得憨厚的母亲也一个劲地直埋怨："画这些乱七八糟的东西能当饭吃吗？"说来也怪，他的杰作在学校被教美术的戴老师发现，还直夸他是个好苗子。这一次怕是谁也拦不住了，在后来的日子里，戴老师耐心地为他做些指点和辅导，为他日后的艺术生涯打下了牢实的基础。

功夫不负有心人。高中毕业后，他的画技有了突飞猛进的提高，在当地有点小名气，要是谁家想替老人画个纪念像，或是谁家盖新房想要一幅山水画，都会找上门来。这下他着实露了一手。农村这个广阔的天地，也丰富了他的创作灵感。1975年他创作的处女作《猪多，肥多，肥多，粮多》完稿后，他乐得简直睡不着觉。第二天，天还没有亮，他就带上自己的作品，步行五十华里的路程，送到了当时瑞昌县工农兵文艺工作站，想不到竟得到当时文艺工作站长冯隆梅老师的鼓励和肯定。从此他更坚定了创作的决心。

20 世纪 80 年代后，随着农村文化事业的复苏，1984 年，乡镇成立了文化站，他被破格聘进入文化站。他一个人既是头儿，又是兵。当时的文化站，实际是一个既无场所又无资金的空架子。巧媳妇难做无米之炊，他竟是靠替人画像收点小钱，举步维艰撑着“文化站”这个家。从那时开始，他只好将自己五口之家的重担留给妻子一个人去扛。

1986 年后随着政府对发掘民间传统文化的重视，朱站长眼前一亮。当地流传历史悠久，有着很深底蕴的剪纸艺术基础，昔日的民间剪纸艺人——柯雪英老人，在朱站长三顾茅庐下，在晚年有机会施展自己的才华，曾多次在国家级大赛中获奖，并且他的剪纸作品在《人民日报》上刊载。

为了积极打造瑞昌夏畈“剪纸之乡”的品牌，文化站积极组织开办剪纸培训班。记得第一次开办剪纸培训班时，朱站长曾留下一段尴尬和寒酸的往事。为了想撑面子，为学员准备一顿简单的中餐，但苦于实在无钱，他只好厚着脸皮向妻子借。但妻子也实在拿不出来，无奈之下，他只好将自己的一块手表做了抵押，后来替人画像才慢慢还上。

然而就在夏畈剪纸艺术呈现红红火火的势头，突然传来民间艺人柯雪英老人病故的消息，这让朱站长措手不及。他跺着脚说：“这朵刚刚绽放的艺术之花一定要传承下去，这面旗子不能倒。我一定要扛下去。”他充分发挥自己的绘画专长，刻苦学习，苦心钻研，先后创作的历史题材《红楼梦》和现代题材《家和万事兴》等多篇作品获奖。2000 年他历时五个多月创作的传统题材《水浒一百〇八将》获文化部铜奖。2012 年，他

创作的《五谷丰登》获农业部主办的剪纸大奖赛银奖。他的事迹被媒体报道后，除多家地方报社和电视台采访外，新华社、《光明日报》、百度网也对他进行专题采访。他被九江学院特聘为教授，任瑞昌政协委员，民间文化艺术家等各种头衔接踵而来，多年的媳妇终于熬成了婆，他出名了。

2012年我步入花甲之年，我在他的鼓励和启发下，也心血来潮学习写作，并取得了一点点成绩。我虽然不是文化人，但有事没事的时候总喜欢去文化站走走。每当我推开站长那间不大不小的工作室，只见一台收音机和一台吱吱作响的电风扇，陪伴着他忙碌的身影。我逗他说："哟，都名人了，还是这样辛苦呀！"他忙停下手上的活，用毛巾擦擦脸上的汗说："我这正盼着老哥来聊聊呢。"我们聊的话题不外乎剪纸、构思和创作之类。我们聊过去、今天，更多的是将来。因为有共同的语言，一打开话匣子，就聊个没完。聊到兴头的时候，我不由得竖起了大拇指，"老弟，一路走来我真佩服你的毅力呀。"他停了一会儿说："时间过得真快呀，一晃几十年不知不觉过去啦，我仍是一个两手空空的穷汉，咱谁也不怨，这是咱心甘情愿的。没有谁勉强俺，可是真委屈了自己的妻子和儿女。这么多年她拖着带病的身体，夜以继日地踩着那台缝纫机替人做衣服，供三个孩子上学，支撑着一个五口之家，不容易呀。每当我看到妻子那张憔悴的脸，我的心里就有一种说不出的愧疚。"说到这里他的眼圈有些发红，是呀，一个成功的男人背后都会有一个通情达理、默默付出的女人。此时我的心里默默地重复他最后的一段话："三百六十行，爱上哪行不行呀，为啥偏偏让俺爱上这一行，既然爱上了这一行，那就踏踏实实地爱上一辈子吧。"

我将要出趟远门

儿子、儿媳在浙江温州打工，孙儿、孙女一直由我和老伴照管，只有春节全家才能团聚，因此，孙儿、孙女同他们的父母显得有些生疏。为了加深父母与孩子们的感情，儿子决定等放了暑假，将孩子接到温州，之后孩子就放在身边读书，让我和他妈一起去。这突如其来的决定，真让我有些措手不及，一时难以抉择。儿子开导我说，为了孩子们好，你就不要去顾及家里那些瓶瓶罐罐的了。话虽然这么说，有很多的事情，不是说想放下就放得下的。我家的老屋，一栋老式楼房，那是我省吃俭用，不知吃了多少苦，自己亲手盖的。我在这里进进出出几十年，每一扇门，每一扇窗子，都是那样的亲切。每当下雨天，我总是及时地爬上屋顶，检查哪里漏没有，看看四周的水沟堵没堵。屋边那块四方见圆的大菜园，我总是种完夏菜种秋菜，一年有吃不完的新鲜菜，园子的周边一棵棵挺拔翠绿的桂花树和蜜橘树，那真是八月桂花香，金秋橘子满枝头。几乎每一天的早晨和晚上，我总是忘不了上菜园转几趟。闲下来的时候，从菜园边上的水井里打上来冬暖夏凉的井水品尝，甚至在夜深人静的时候我也喜欢坐在水井边的石凳上一个人静下心来，去思前想后。

我留恋家乡的一草一木，每当我踱步在自己家的院子里，

欣赏着自己精心打造的花池和花池中栽种的四季青，心里总是美滋滋的。门前小溪里的涓涓流水，就像是一首首动听的歌，在我的心中鸣唱。每当这时，我似乎一下子忘记了疲劳。让我放心不下的还有曾与我相依为命的责任田和责任地，在那片熟悉的土地上，风风雨雨摸爬滚打几十年，我不知洒下了多少辛苦的汗水。在那里我留下了重重叠叠的足迹，终于换回来沉甸甸的谷穗，换回了丰收的喜悦。还有院子里的那群鸡，每天早晨，大红公鸡的叫声将我从睡梦中吵醒，提醒我，该起床了，该下地了。篮子里装满土鸡蛋，那是专门留给孙儿孙女补充营养的。还有我的那些朝夕相处的左邻右舍，我难以割舍那一张张熟悉的面孔，难以割舍我那开了二十几年的小店，和那些熟悉得不能再熟悉的顾客。当然最让我牵肠挂肚的莫过于家里那条灰毛小狗，自从它进了我的家门，总是那样乖巧，讨好主人，从不乱咬乱来，不管刮风下雨，像个卫士守护着大门，在田头地角它总爱寸步不离地跟着我。记得有一次我在地里干活，回家吃

作者与家人合影留念

早饭时把农具放在地里，它宁可饿着肚子，也要寸步不离地守在那里。去年春天，儿子在城里买了房子，我们全家去新屋过年。为了不影响别人，我们将小狗寄养在邻居家，在我们离家后小狗不吃不喝，围着老屋打转。它竖起两腿，扒着窗子往里看，用脚去抓大门，嘴里不停地叫唤，仿佛在说："你们都到哪里去了呢？"它守在大门口，寸步不离等着主人归来。当我们回来的时候，它用前腿抱着我们不放，难怪人们常说狗通人性。

出趟远门，对一个走南闯北的人算不了什么，但对于一个从未出过远门的人，将是一个不小的挑战。多少年来，别人外出赚了大钱，妻子总是埋怨我没有出息，可是我宁愿背这个臭名，也没有勇气迈出家乡这道坎。今天为了孩子们的幸福，我将要出趟远门，我只有将我的梦留下来，留给与我朝夕相处的老屋，留给生我养我的故乡。

水井

跟随勘探队的一天

与湖北阳新毗邻的瑞昌市黄金乡，有着丰富的金、铜等贵重矿产资源，黄金乡因此而得名。2012年冬，九江赣西北地质大队开始对黄金乡和夏畈镇区域进行拉网式勘探。

一天，我带着玩山的好奇心，作为随队民工，随地质勘探队员一道上了山。邓家山，这是一座东起下巢湖，西至阳新雁落湖，方圆几十里的大山。我们乘车来到山脚下，带队领导反复强调一些安全意识和工作程序后，我们便三人分成一组。一个地质职工带两位民工，一位负责砍路，一位负责刨样土，一天必须完成，四十米一个点，总共四十个点，点与点之间呈直线，没有弯。大山上雾蒙蒙湿漉漉的，近距离都很难看到身影，给人带来一种阴森森的感觉。既然来了，也就没有退路了，只有硬着头皮往山里钻。前面挡住我们的是那密集的张牙舞爪的刺条，还有那又陡又险的悬崖。不一会儿，我们的脸和手脚，就被刺条刺破了，淌着血。稍不留神脚下一滑，就像坐滑梯，滑出好几米远，我在心里悄悄对自己说，今天怕是来玩命了。大山上没有信号，我们互相用喊话壮着胆子，“喂，兄弟你在哪，做了多少点啦？”听不到对方的回话，喊出的声音在大山久久回荡。小心、小心，领队一路上总是重复着这样一句话，再难我们也只好学着兔子一样往前钻，好不容易挨到十二点，我们终于找块石头歇下来，取出随身携带的干粮和水，开始我们的中餐。半个时辰过后，从石缝里接水补充了一些，就匆匆开始做事，我们必须抢在天黑之前下山，不然我们将在大山过夜。傍晚时分，我们终于背着沉重的样土，拖着疲惫的身子走出了山林。我长舒一口气，尽管衣裤被刮破像是飘着小旗，满手满脸带着血印子，但老天爷保佑，我的小命总算是保住了。

第二天，我因有其他要紧事要做，没有机会再去玩山了。短短一天的探矿经历，刺激着我的神经，脑子里留下了深深的烙印，心里说："勘探队的兄弟们，你们辛苦了。"后来我便编出一首顺口溜。记得年底九江赣西北地质大队主要领导下来检查工作时，我随手将这首小诗递给了他，"带给你们那些兄弟看看吧！"他接过稿子看了一遍又一遍，然后用异样的目光打量着我，"大哥这是你写的？你念了多少书呀！"我告诉他我只读过小学，献丑了。他握着我的手激动地说："大哥你写得真好，真是写到我们心上去了，你看，'饿了啃一块又冷又硬的馒头，渴了喝一口大山流淌的山泉'，这是我们勘探工人生活的真实写照呀！我真想将你的诗寄到报社，登上报纸，让更多的人读懂我们勘探工人的苦和乐，我要代表我的全体兄弟说声谢谢大哥。"听他一席话，我虽说有些脸红，但心里美滋滋的。短短的一天，虽说有些苦，但我觉得很值，赚到了一天的工钱不说，还得到了这样的赞誉，真是名利双收啊！

宽容也是种快乐

我有个最坏的毛病——健忘症。干活回家不是忘了带回锄头，就是忘了镰刀。妻子总是埋怨我说："你咋没把自己给弄丢了呢？"为了免遭妻子的责骂，我在盛夏太阳暴晒的日子，宁愿晒得像个黑脸包公也懒得戴草帽。下雨天经常被淋个落汤鸡，因为很少带伞。然而有一件事让我刻骨铭心，背着人我不知流了多少泪。

14岁那年，读完小学我便辍学了。有一天父亲吩咐我去拾柴火。由于家里等柴烧，我便准备一根长木条，木条的上端扎紧一把柴刀去邻村一座山上钩松树上的干枯树枝。按理说钩落那些已经干枯的少量树枝，对树木生长是没有影响的，当我刚弄好半小捆的时候，突然有个大个子来到我身边。他揪着我的耳朵恶狠狠地说："原来是你，小杂种。"因为我父亲的父亲——我的爷爷过去有点历史问题，当时我真的吓得直哆嗦。来人对我说："今天算我运气好，抓住了个破坏森林的坏分子。现在两条路由你选择，一是戴顶高帽子，挂个大黑牌挨村挨户去游行，二是把我刚锯好的一块大枫树板，背到我们生产队的仓库去。"当时他跟另外几个人在山上锯一根大枫树。我是一个天性腼腆、胆小怕事的孩子。毫无疑问我选择了背板。我被他领到木板旁，他招呼另一个人将一块一米多宽，两米多长，两寸多厚的湿枫树板抬到我的背上。我被压得眼冒金星，两腿发抖，一脚也迈不动。大个子咬着牙对我说：“把板放下来下午去游行。”我心里非常清楚，在那个年代，他是会说到做到的。

为了给自己留个脸面，我一咬牙，摇摇晃晃沿着又陡又滑的山路一步一步往前挪，好不容易挨到山脚下，突然我身子一晃，滚进一条深沟，昏过去了。我慢慢苏醒过来，心想完了，就像是天塌下来了。还好，板子还在沟岸上。一种求生的欲望，让我终于爬出了深沟。板子怎样上肩？尽管我抓破了地皮，使劲地试了几招，也不济事。我急中生智用石头将板垒起来，升高板的位置，我使尽了吃奶的力气，终于扛起了木板，一摇一晃终于将木板背到了他们生产队的仓库。我连人带板倒在地上，木板摔开了一道口子，我的脚也被板砸了个洞，滴着血逃回了家。回家后，我的腰就像断了，半个多月下不了床。母亲抱着我不知哭了多少回，父亲找人挖了很多草药，那草药苦得让人直往外吐，为了活命我只好吐了再喝，至今我还犯腰疼病，所以心里这个结，我总也解不开。

无巧不成书，亲叔叔儿子娶亲，亲家过门，我的父亲和我这当大哥的肯定要陪客。当客人见面时，我惊奇地发现，新弟媳的爷爷就是当年让我背板的那个大个子。当时我真的有些尴尬，但大个子却不以为然。他谈笑风生，彬彬有礼，当年的凶猛劲儿一点也没有。酒过三巡，茶过五味，父亲便推说不舒服退席了，只有我清楚，他心里有个结。

后来，我和他都喝醉了。人家说醉酒吐真言，可他什么也没说，也许他早就忘了。当我酒醒的时候，我想他都忘了，况且现在都成亲戚了，就算不是亲戚，好歹也是个乡邻，过去的

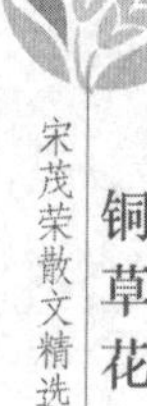

事就让它过去吧！往事如烟，我不能让这烦心的烟雾笼罩我的天空，我要放下困我一辈子的结，也许那样我会非常轻松，宽容也是种快乐。

老夫老妻

人生就像一次长跑，当你将要跑完最后一程，歇下脚的时候，也许你会觉得好累，往日的冲动、拼命的傻劲儿没有了，终于和她可以踏踏实实地静下心来，重新审视对方。他朝她看了许久，心里酸酸的。一阵沉默过后，她终于发话了，“看什么看，黄脸婆的脸都成了松树皮。”他没有作声。第二天一早，他骑上车，去了趟镇上，带回了一包东西，递给了老伴。要是往日，黄脸婆准会吼起来：“装什么疯啊，娃娃的学费还没凑齐呢，田里的庄稼还等着追肥呢！”这回，老伴接过他手里的东西，朝他笑着说：“哟，你还真当回事呀！”晚上她照着镜子在脸上涂抹着，恨不得一下子填平那些岁月留下的痕迹，让自己回到年轻时的模样。

他属牛，她属马。常言道，牛马不同栏，命运却偏偏将他俩关在了一起。一辈子他们少不了为了那些大事小事，吵吵闹闹，“擦枪走火”那也是家常便饭，然而他们平平安安地走到了今天。更庆幸的是，他们已经是儿孙满堂，儿女都有了出息，都没有出什么岔子。

夫妻过日子，男人当家长，女人管家婆。过去家里连串的大事小事，用不着再操心了。新的事儿，她得再接再厉接着管。为了他戒烟，她查封了他的钱袋。她不止一次地在公共场合，

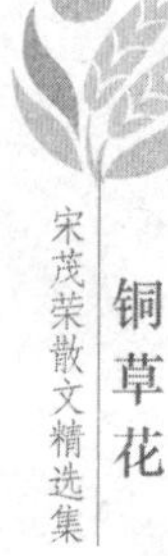

将他的香烟放到脚下踩。要是年轻时，他准得大打出手，大老爷们的脸往哪里搁。今天，他只朝着老伴笑笑，乖得像只猫。平时，他也喜欢喝点小酒，可是管家婆有规定，一餐只能一小杯，多一滴也不行。记得有一次，喝到兴头上，他瞧着酒瓶，又望着喝空的酒杯，情不自禁地吟上一句，“唉，人生有酒须当醉”。老伴冲他骂一句，“你醉走了，留下我怎么办？”她用脸碰一下他的脸，“老鬼，我是心疼你。”是啊，难怪过来人都说，少年夫妻老来伴。

作者与爱人合影留念

大舅婆

小时候，有位亲戚常来俺们家。我问奶奶她是谁，奶奶告诉我，她是奶奶娘家的大弟媳妇，我得管她叫大舅婆。大舅婆很喜欢我，每次来俺家，总是忘不了带些好吃的。若没啥东西带，她便不厌其烦地烤上两块香饼带来犒劳我，因此，我也很喜欢大舅婆。

大舅婆虽说个头不高，人长得消瘦，但是很精明。她每次来俺家，连茶水还未沾上嘴，就被一大帮婶娘婆妈里三层外三层地围上了。隔壁的李大婶快嘴快舌，她挤在队伍的前面，“她舅娘，俺家二妞要出嫁了，拜托您给她画一对鸳鸯枕吧。”前屋的张大娘也不示弱，她也挤在前面，“大舅娘，俺家大女儿快要生外甥啦，麻烦您给剪些花鞋花帽上的花样吧。”大舅婆听后，总是笑呵呵地一一应承。

长大后我才知道，大舅婆是我们这十里八乡有名的画样剪花的能手。她画和剪的那些花儿鸟儿呀，非常逼真。她画和剪的《二龙戏珠》《虎啸山林》，那真是栩栩如生。那些《金鸡报晓》《喜鹊话梅》《麒麟献瑞》，一件件可以信手拈来，惟妙惟肖，她剪刀上的功夫更是高人一筹。她给人家剪花时，不需先动笔描写样本即能随手剪出来，而且还快如梭机，一气呵成。因此，我们这方圆十里八乡的人们嫁女娶亲用的花枕头、花鞋子，满

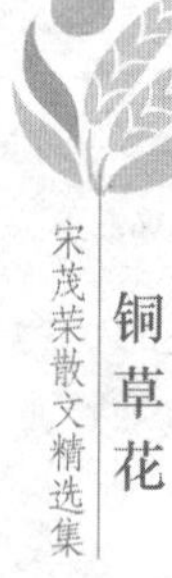

月小孩穿的花帽花袄都少不了大舅婆的手艺。每当我看到大舅婆忙得不亦乐乎连饭都顾不上吃，我便逗大舅婆说：“大舅婆，你忙个啥呀，连饭都混不上一顿。”大舅婆就会狠狠瞪我一眼说：“这是人家看得起俺，你大舅婆要多做善事将功赎罪啊！”我被大舅婆给弄糊涂了，心里想，大舅婆你做错了啥事呀？直到1966年，轰轰烈烈的“文革”开始了，我才知道，大舅婆是湖北阳新人，在娘家本是穷人家的子女，不知道为啥高攀上了地主身份的大舅公，所以大舅婆便名正言顺地成了地主婆。

“文革”很快进入高潮时期，特别是“破四旧”那阵子，可怜的大舅婆真的摊上事儿了。地主婆加上封建四旧的大黑手，那可是罪上加罪，在造反派召开的批斗会上，大舅婆被押上了审判台。一双双愤怒的眼睛盯着她，人们握紧拳头，高呼：“打倒地主婆，揪出封建四旧的大黑手柯雪英！”造反派的头头将大舅婆的双手捆绑着，吊在屋梁上，并在她的三寸金莲脚上系两块沉甸甸的砖块。只见大舅婆大汗淋漓，疼痛难忍，忍不住大声嚎叫。我目不忍睹，便转身逃离了会场。后来听人说，大舅婆被吊得快要奄奄一息的时候才被人给放下来。我的大表叔将她背回了家。大舅婆躺在床上，动弹不得。有天深夜，我背着人悄悄地溜到她家看她，大舅婆流着眼泪，叹口气说：“唉，身上的伤痛是痛在皮肉上，不允许我画样剪花，那是痛在心坎上啊！”从此以后，大舅婆再也没有剪花画样了。

过了很长的时间，那些娶亲嫁女的人家有些熬不住了，有人趁着黑夜溜到大舅婆家求情帮忙剪些画样，大舅婆拉不下面子，就拿起剪刀准备动手。正好被大舅婆的大儿子俺的大表叔撞见，冲向前，便夺下了剪刀。他喊道：“你还嫌吃的苦不够多啊，你再不痛改前非，我就同你划清界限。”大舅婆呆呆地站着，吓得再也不敢作声了，脸上挂满了苦涩和无奈。

20世纪八九十年代，形势已经有了根本的改变，政府已经开始重视扶持和挖掘民间传统的文化。大舅婆又开始重操旧业，成了一个大忙人。她虽然年纪很大，但帮人剪花画样从来都是有求必应的。有趣的是当年那位造反派头头，也请大舅婆帮忙，为他出嫁的女儿剪些画样，大舅婆高兴地满口应承。可是我的大表叔却不同意，大舅婆意味深长地对大表叔说："人家找上门了是瞧得起俺，别这样，他已经不是当年的他了。"

大舅婆的剪纸得到了当地政府的高度重视和鼓励，她的技艺也得到了很大提升。她不但剪传统的龙凤花鸟，而且还拓宽思路，构思巧妙，创作出了些幽默作品，如《老鼠嫁女》，那是惟妙惟肖。你也许不会相信，这幅作品竟然出自一位乡村老太婆之手。大舅婆参加了很多剪纸比赛，并且都取得了很好的成绩，曾得到过相关专家的赞誉和肯定。她的多幅作品曾获国家级的剪纸大奖，并在《人民日报》上发表，多年的媳妇终于熬成了婆。我便逗大舅婆说："大舅婆，你成名人了。"大舅婆叹口气说："可惜我老了，现在党的政策好，政府又是这样的重视民间剪纸艺术，往后的路还得靠你们年轻人，长江后浪推前浪，一代新人换旧人。"两年后，大舅婆含笑辞世了，她留下了让她折腾了一辈子又爱了一辈子的剪纸艺术，她要将这朵民间艺术之花延续给后人。

父亲的草鞋

乔迁新居，收拾老屋子的时候，儿子指着挂在老屋子厢房墙壁上的草鞋扒问我："老爸，那是啥玩意呀？"我告诉儿子说："那是你爷爷打草鞋用的工具，你可别小瞧了它，它的用途可大着呢！说近点，它是你爷爷的传家宝，说远了，它也是我们炎黄子孙的传家宝。它陪伴着我们的远古祖先，从奴隶社会到封建社会一直走到中华人民共和国成立后，20 世纪五六十年代

草鞋扒

才退到了二线，慢慢地销声匿迹，彻底地退出了历史舞台。”

20 世纪五六十年代，庄稼人都是穿着草鞋出工的，连上山砍柴割草也不例外。他们都说：“穿草鞋走路稳当，特别是雨天路面湿也不打滑。”我家兄妹多，尽管住房紧凑，父亲还是将老屋的厢房腾出来，作为打草鞋的作坊。草鞋扒挂在木凳上，长年累月，固定在那里。每当稻子收割后，父亲就匆匆拣来些上好的稻草晒干，整理后小心翼翼地收藏好，然后备上很多鞋绳子，一大串一大串地挂在厢房的墙壁上。要是遇到雨天不方便出工，父亲便早早地起床，用木槌将稻草拍软。他在厢房一待就是一整天，并且将我唤到他的跟前，一边为他发草，一边叮嘱我学着点，往后过日子，也少不了要打草鞋的。父亲打草鞋的手艺非常娴熟，打的草鞋既平整又扎实。记得我小学毕业辍学在家放牛，父亲特地为我做了一双麻打的草鞋，说句寒酸的话，我拿它像宝贝一样珍惜。遇到了湿路的时候，我宁愿打着赤脚也舍不得穿。鞋子合不合脚，只有脚知道，试穿别人打的草鞋，不出半个时辰，脚上便打了水泡。穿上父亲做的草鞋，既合脚又舒适。在厢房的墙壁上，父亲的草鞋总是挂满一串又一串。用父亲的话说，草鞋就像是口粮，要备足，一双也少不得。要是出远门，父亲总是带上一双草鞋作为路上的备用。有些亲戚来俺家，别的啥都不要，偏偏看上了父亲的草鞋，不管父亲愿不愿意，拎上几双就走人。父亲总是笑呵呵地说：“没关系，又不是花钱买来的。”到了农忙的时候，白天不得空打草鞋，父亲只好“开夜车”。那时候没电灯，父亲总是唤我为他去掌灯。我觉得枯燥又无聊，不出半盏茶的工夫，就要打瞌睡。父亲就要我试着做鞋子，我照着父亲的样子打，可是编出来的偏偏就像个草窝窝。父亲逗我说：“你打的草鞋千万别让老牛看见了，不然准会抢着吃。”不知道是我手笨，还是不在意，打草鞋的

手艺始终没有学会，倒是让我赶上了好时代，再也不用打草鞋了。

20世纪70年代，农村人也已经不再穿草鞋了，从穿解放鞋开始，到后来连下地和上班都穿皮鞋和各种款式的新鞋。回望过去，看看今天，每当我看到村头街角被扔掉的半新和全新的过时的鞋子，我总是生那冤枉气“真是不知道天高地厚的家伙。”今天当人们站在满目琳琅的鞋店去挑各种名牌和各种式样的鞋时，朋友，我该提醒你，叫得最响的牌子是草鞋，我们祖先是穿着草鞋，创造了中华民族的悠久历史和灿烂文化。我们的革命先辈是穿着草鞋，走过了雪山草地，赶走了日本侵略者，推翻了“三座大山”，要不然我们都还得穿草鞋。不是非要提倡穿草鞋走新路，但是我们只有记住过去，才会珍惜今天。提倡勤俭节约，反对铺张浪费，这才是我们世世代代的传家宝。

犀牛岭的传说

铜岭南面有个李姓的村庄，李家庄上有个李大叔，他为人厚道，积德行善，靠卖柴为生，日子过得并不富裕，但他省吃俭用，经常主动去接济一些困难人家。

李家庄上有一位八十多岁的老太太，双目失明，膝下无儿无女。李大叔就像伺候自己的亲生母亲一样伺候着老太太，经常给老太太端屎端尿，递茶送饭，天长日久，也毫无怨言。这一天，老太太心痛病发作，痛得在床上打滚，李大叔心急如焚，鸡叫头遍，便匆匆上路，肩挑一百多斤的片柴到码头去卖，好为老太太抓药。时值月初，一弯眉月将要下沉，李大叔行至离庄不远的一山岭上隐隐约约看见前面一个黑影，走近仔细一看，原来是一头黑牛在地上打滚。好心的李大叔，既怕人家丢失了耕牛，又怕黑牛糟蹋庄稼。他二话不说，放下柴担，拿起扁担前去追赶黑牛，但是左赶右闪，黑牛怎么也赶不走。李大叔心中有事，火冒三丈，劈头盖脸朝黑牛一顿猛打，方才将黑牛赶跑。李大叔为老太太抓药心切，刚才追打黑牛沾满臭泥的扁担也来不及洗，挑起片柴便匆匆上路了。说来也怪，当李大叔用那根打过牛的扁担重新去挑那担片柴时，柴担轻得没有一点儿重量。李大叔快步如飞，卖得银钱为老太太抓回了汤药。李大叔回家后百思不得其解，“今天这担柴挑起来轻如鸿毛，过秤却一两

不少，是因为那支打过黑牛的扁担？莫非那头黑牛是神牛？”这话传出后，大伙七嘴八舌地议论开了：“黑牛准是犀牛。”从此这个犀牛出没的山岭被称作犀牛岭，李大叔打牛的故事一直流传至今，传为佳话。

城门村的由来

城门，顾名思义，你会联想到那古老的城墙上帅旗飘飘，金盔金甲的将士手拿兵器，威风凛凛地站在城墙上把守城池，城门大开，车水马龙，出征将士们的马队马蹄声声，尘土飞扬，还有那凯旋的功臣，人们夹道欢迎的动人场景。然而我们的“城门”只是一个行政村，十六个行政小组而已。令人费解的是小小的一个行政村，怎么戴上这样一顶大帽子？推敲之余，终于寻找到一些蛛丝马迹。相传在三国时期，城门村的北山脚下，有一个叫罗汉山的大山，有一伙强人突然来到山上，占山为王，号称“吴国寨”。人说兔子不吃窝边草，可这伙强人专吃窝边草，烧杀抢掠，无所不为，害得周围的百姓怨声载道，苦不堪言。人们纷纷背井离乡，避难他乡。一日，从村外来了一个似人似仙的游人。人们劝他赶快离开此地，此地不可久留。来人问清缘由，摇着扇子说：“制服这伙强人，小菜一碟！”人们将信将疑，叹口气说：“哎！那伙强人奈何不得呀！”来人听后微微一笑，与众人耳语几句后，便吩咐大家一一照办。在一个月光朦胧的夜晚，人们七手八脚，找些木材之物，造了一座假城。城墙上帅旗飘扬，人们摇旗呐喊，战鼓喧天！吴国寨上的寨主一听，以为是大兵压境，急忙吩咐喽啰下山探听虚实。待士卒下得山来，迎面正巧撞见一位手拿蒲扇的游人。士卒忙向游人打听说：“山

下为何如此喧哗？”游人忙说：“官爷！可了不得，今日开来一支大队人马，在一里地外安营扎寨，就像一座偌大的城池，兵临城下，城门大开，帅旗飘扬，战鼓喧天。他们号称要立马拿下吴国寨！”从山上下来探视的士卒听到游人的一番话后，吓得屁滚尿流，逃回山寨向寨主禀报。寨主一听，长叹一声，唉！大势已去，急忙带领大小喽啰，收拾金银细软逃之夭夭。

老百姓得讯后，纷纷迁回家园。人们欢欣鼓舞，纷纷传念着那位游人的高招。当人们去寻找他时，却不见他的踪影。从此，城门由此而得名。今天，城门村迎来了一个前所未有的大好机遇，人们的生活就像芝麻开花节节高，城门村土地肥沃，沟渠纵横交错。南阳河从门前涓涓东流，省道，武九双轨东西贯穿而过。村内矿产资源丰富。今天城门村将城门大开，欢迎改革开放春天的到来！

花园墩的由来

明朝永乐年间，江西德安移民，纷纷东迁瑞昌定居，开创自己的新家园。走在移民行列前面，有一何氏人家。何氏大伯携儿带女，肩挑行装，来到瑞昌夏畈铜岭脚下，突然扁担断成两截。他放下行装，四下张望，只见前面一个大畈，沟渠交错，大畈中央一口池塘，塘中萍水相连，荷花含苞待放，鱼儿在花从之中穿梭嬉戏。畈前一条小河，潺潺东流，河岸柳树成荫。何家大伯喜出望外脱口而出，“此地乃人间花园，河荷相映，天时地利。”事不宜迟，何家大伯当即吩咐家人，一起动手，砍来柳枝，拔些荷叶，搭起了一个好大的窝棚，就此安顿下来。何家人最能吃苦耐劳，他们一起动手，起早贪黑，垦荒造田。功夫不负有心人，没过几年他们便盖了新房，鸡鸭成群，猪羊满圈，就在这块风水宝地上，把家业渐渐做大。

何氏家人待人亲善，厚德载物。他们在自己的家园，辛勤耕作，男耕女织，生儿育女，人丁兴旺，日子过得芝麻开花节节高。到明朝末年，他们便发展到百来户的大村庄，成为当地首屈一指的大门户。何家掌门人教子有方，从文习武，但不骄不躁，待人亲善，受到众家的一致敬重和拥戴。

花园畈地处低洼，那时没有什么水利设施，因此每到洪水泛滥的季节，眼前便成一片汪洋。唯独花园畈上，就像那池塘

里的浮萍，水涨船高，成为一个高墩随水上浮，于是“花园墩”因此得名。

洪水过后，大地一片狼藉，老百姓颗粒无收，怨声载道，每当这闹饥荒的节骨眼上，花园墩的长老便吩咐家人开仓放粮接济一方，老百姓乐得下跪作拜。

然而就在光绪十七年春上，黑云密布，倾盆大雨下了几天几夜，接着引起山洪暴发，几丈高的浪头从上方冲泻下来，花园畈上深不见底，花园墩庄园也失去了过去的功能，百来户人家就这样被卷进恶浪之中，唯独一男童，碰巧抓住了一块木板，被一棵大树挂住了，待洪峰退去，方才留得性命。也许是上苍念在孩童祖上有德，不忍何氏断根，至今花园墩还留有何氏人家。时过境迁，今天花园墩迎来改革开放的春天，新修的水泥路面纵横交错，新盖的楼房林立两旁，南阳河边大理石围栏亭亭玉立，河岸齐刷刷的白杨，就像是一条春姑娘的长辫子，照着清清的河水梳洗。这里有信用社、邮电所、电信所、供电所、加油站、文化站，一应俱全，这里是镇政府的所在地，夏畈的文化政治中心。随着铜岭古铜矿遗址的开发，今天的花园墩将成为景区的一大亮点和一大门户。

禁地之谜

相传很久很久以前，江西有户姓罗的人家。罗家其他人待人亲善，唯独人称“母老虎”的老妈子脾气暴躁、心胸狭窄、心狠手辣、为人霸道，常为一些家庭琐事与左右邻舍结下怨仇。她生有一子，虽说人长得其貌不扬，但天资聪慧，人称罗颖。忽一日，有位识相的老者见到罗颖，便对罗颖妈妈说：“可了不得，你家罗颖日后有天子之命。”意思是日后要做皇帝，老妈子听后，甭提多高兴。次日她去灶台准备做饭，她一只脚踩着灶台将儿子叫到跟前，一板一眼咬着牙对儿子说：“日后你要是真的做了皇帝，首先杀了隔壁一家。”此时灶师爷爷被老妈子的话吵醒了，发现一妇道人家的脚踩在自己身上，一肚子不高兴，特别是听到老妈子的话后，吓出了一身冷汗，很快将这消息传告了土地公公。土地公公本保一方平安，一听坏了，事不宜迟，赶快给玉帝报信。玉帝一听大怒，急忙吩咐使臣下凡，去下罗颖龙骨，免得日后祸殃凡间百姓。

忽一日，狂风大作，黑云密布，罗颖顿觉天昏地暗，浑身疼痛难忍，似乱箭穿心，大汗淋漓，老妈子心中有数，知道是上天来惩罚她，便灵机一动，急忙吩咐儿子，将牙齿紧紧咬死，就这样罗颖被脱胎换骨，但留有一口金牙。后来他成为一个游人，走到哪里一旦开口，便可点石成金，金口玉言。有一日他来到

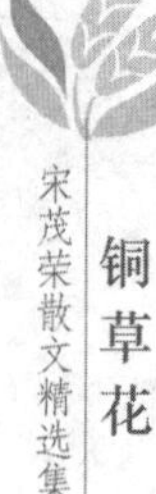

瑞昌夏畈铜铃脚下，突然急着大便，便后他随手抓一把茅草擦屁股。不想那茅草锋利，将屁股割得鲜血直流。他火了，脱口便骂“此地乃禁地也”，因此禁地地名沿袭至今，连今天的行政村，也命名为禁地村。

有些人也有不同的说法。他们的说法是，禁地在铜铃古铜矿遗址境内，前后开采达千余年，山高皇帝远，周边难免有些偷盗现象，因它属皇室开采的矿产。当皇帝知情后，他便下达一些禁令，禁止外人进入矿区，所以此地沦为禁地。又有人说，古铜矿始采于商代中期，延及战国，大量的矿渣废水外流，侵蚀了这里的土地，所以这里的土地草木不生，沦为禁地。总之人们众说不一，至今无从考证，谁也揭不开这个谜底。

今天，那被历史遗忘了两千多年，草木不生的“禁地”，终于迎来了开发的春天。铜岭古铜矿遗址得到了政府的高度重视，遗址公园各项工作，正按时间节点有条不紊地向前推进，很快一个全新的古铜矿遗址公园将展现在世人面前。到时候大批的海内外游客来到这里旅游观光，那昔日草木不长的禁地，今天将成为一块难得的风水宝地。

望夫山的传说

相传很久以前，湖北黄梅境内有个张家庄。张家庄有个叫张三喜的后生，人长得虽然矮小黑瘦，但心地善良，并且学有一手很好的木工手艺。他的媳妇李四妹人长得漂亮水灵，身段儿不胖不矮，双眸如秋水，瓜子脸白里透红，算得上这十里八乡的美人儿。有那么一些爱管闲事的人只要见到他俩，总是叹声气，“唉，真是一朵鲜花插在牛粪上。”可四妹不以为然，她笑笑说：“我与三喜前世有缘。”

这还得从两年前的一件事说起。一天傍晚，三喜在人家做木工活，收工回家，走到一个山坳脚下，瞅见一个老大娘坐在地上痛苦呻吟，走近一看，原来是老大娘在山坳中路过，被一条毒蛇咬伤，倒在地上动弹不得。三喜见状，急忙帮老大娘挤出毒液，四下寻找些草药敷在大娘的伤口上。原来三喜父母早亡，孤身一人。山里经常来些采挖草药的郎中，他便主动帮着带路，也就顺便学会了一些中草药知识。一切安排妥当，三喜不由分说，将老大娘背着送回了家。大娘唯一未出嫁的女儿李四妹见到一位木匠大哥救了娘的命，千恩万谢，感激不尽。接连数日，三喜天天为大娘送草药，就这样一来二往，四妹悄悄爱上了三喜。论长相，三喜当然知道高攀不上，但他心里也悄悄爱上了这个既漂亮又贤惠的姑娘。也许真的是缘分，大娘也非常赞成女儿

的这门婚事，她相信把女儿交给这样的女婿放心。第二年春天，四妹就嫁给了三喜。婚后，三喜把四妹视如珍宝。四妹待三喜也是体贴入微，小两口恩恩爱爱，日子过得甜甜蜜蜜。

可是天有不测风云，就在小两口成亲的第二年，位于江西瑞昌夏畈铜岭的大铜矿上，架设矿井架急需会木工活的人，这座大矿属皇室开采，可怜的三喜被派了劳工。皇命难违，这个消息如晴天霹雳，夫妻俩抱头痛哭。当四妹惜别丈夫后，每日茶不思、饭不想、两眼哭得又红又肿，夜夜做噩梦。她梦见三喜在矿井里作牛作马，他向四妹求救，“四妹救救我吧，我要回家。”可是当四妹把手伸出去拉他时，却总也够不着。她又梦见三喜变成一只小蜜蜂回来看她，飞到脸上吻她，痒痒的，她伸手去抓，一觉醒来，原来是一场梦。四妹再也坐不住了，她惜别了亲娘，打点行装，带些碎银孤身一人上路，前去矿上探望丈夫。四妹来到长江边上，那天不巧风急浪高，船夫都不敢摆渡。但四妹探夫心切。她苦苦哀求，有一位胆大的愿意试试，可是船到江心，突然一个巨浪打来，可怜的小木船被掀了个底朝天。也许是上苍念在四妹情重如山，保她不死，当四妹醒来时，她被江浪冲在江边一个大树桩上，她摸摸腰间，绑在身上的碎银还在，于是她匆匆上岸，在一个好心的大娘家借住一宿，烘干了衣服。第二天她又匆匆上路了，一路打听，终于来到了铜岭脚下。铜岭矿上戒备森严，一道禁地挡住了她的去路，可怜的四妹来到这里将近半个月，也未能见到丈夫一眼，焦急万分的她便四下打听，给那些护矿的军士烧香磕头，打发些碎银子。终于那守护的小头目，答应让她和丈夫见上一面。

小两口是撕心裂肺，泣不成声，抱头痛哭。分手时，三喜望着憔悴的四妹说：“妹呀，哥这辈子怕是难逃地狱呀，你还是另找个依靠吧！”四妹泪如雨下：“三喜哥，我四妹烈女不更二夫，妹愿与你同生死，共患难，陪你到白头。”

四妹心灵手巧，小时候就能歌善舞，并学有一手很好的纺纱织布的手艺活。从此以后，她便在当地给人打些短工。每当夜深人静的时候她便站在禁地边一个山坳上，朝着铜岭矿区，弹起她动听的琵琶。她要让这琴声继续传递他们之间的爱情，让这琴声告诉三喜，她四妹在与他相厮相守，让他不再孤单，让这琴声给喜哥排忧解难。

年复一年，日复一日，四妹的琴声陪伴着天上的星星和月亮，从未间断过，也不知过了多少年，突然矿井一声巨响，可怜的三喜再也听不见他那心爱的琴声，可是四妹的琴声从未间断，只是显得有些凄凉。

又不知多少年过去了，可怜的四妹由青丝少女，变成了白发苍苍的老太婆。在一个风雨交加的夜晚，这位老人倒在了这个她站了大半辈子的山坳上。人们再也听不到她那动听的琴声，只觉得那座山坳渐渐长高，变成一座大山。后来人们为了纪念这位贤德贞洁的女人，将这座大山命名为“望夫山”。从此，这座望夫山面朝那座古老的铜矿遗址，历经千年沧桑，诉说着那些不为人知的故事。

老家的响洞

我的老家在赣西北的一个山沟沟里，四面全是山，有人曾讥讽我们说："巴掌大一块天，尽出一些不长见识的山里猴。"

然而井里青蛙井里好，我的家乡还有一个好听的名字"蝴蝶冲"。瘦长的山冲，是蝴蝶的身子，两边重叠圆圆的大山是蝴蝶的翅膀，远远望去，一只腾飞的蝴蝶在翩翩起舞。

山上除了石头还是石头，各式各样的山洞到处可见，野猫洞、野兔洞、野猪洞，还有老虎洞，把个大山弄得千疮百孔。

小时候，要是谁家的孩子淘气不听话，大人们就会用同样一句话唬，"再不听话，把你丢到响洞里去。"大人将响洞说得如此神秘可怕，促使我们几个胆大的小伙伴，非得去响洞探个究竟不可。

我找来伙伴商议，决定让小胖扮演一个特殊的角色。第二天小胖就故意刁难他妈，左也不是、右也不是，大哭大闹。

终于将他妈惹怒了说："再闹把你扔到响洞里去。"

小胖边哭边说："没有响洞，你骗人。"

妈妈拉着小胖，指着前面那片山坡上说："就在那棵大松树下，不信你瞧瞧去。"

小胖立马不哭了。情报到手了，妈妈中计了。

第二天，我们几个小伙伴，就像电影里的儿童团员，腰间别一支木头盒子枪，手拿一根长木棍，全副武装上路了。

目标就是大松树下的那个响洞，半个时辰过后，我们的队伍开到了目的地，那棵大松树下。

我们抓破了地皮，连个老鼠洞都没有找到。难道小胖他妈故意唬人，情报有诈？我便吩咐大伙分头去找，还是没有找到，我们就像泄了气的皮球。正当我们抄近路，准备打道回府的时候，前面传来了小胖的惊叫声，“洞，好大的洞，怪吓人的。”这真是踏破铁鞋无觅处，得来全不费工夫，响洞终于找到了。

这是一个晒筐大的石头直洞口。离洞口四五米的地方，横着一道宽宽的石坎，看上去就像是一扇大门。时值盛夏时节，从响洞里冒出来的雾气，阴森森的，寒气逼人。捡一块石头扔进洞里，那石头碰石头，发出叮叮当当的声音，真的要响上半个时辰。这也许就是响洞的来历吧。

我们一下来了精神，响洞边上的石头全被我们捡光了，那叮当叮当的声音就像交响乐一样，让我们百听不厌。我们一直玩到下午，忘了吃饭忘了回家。正当我们玩得入迷的时候，山下传来大人的呼喊，接着有人向山上狂奔。

坏了，我们的行动走漏了风声。我一声令下，大伙便迅速藏到响洞边上的柴草丛中去了。

小胖、狗蛋、二愣子，大人们简直喊破了嗓子，也不见回应。他们发疯般地向洞口涌来，响洞口一时热闹起来，哭声叫声响成一片，人群当中哭得最伤心的是小胖他妈。

她边哭边说：“胖呀！你要是有个三长两短，妈也不活了，妈陪你一起去，跟你做个伴。”哭着哭着，便要往洞里跳，还好被旁边的人一把抓住了。“妈，别跳，我在这儿呢！”小胖一看急了，忙从草丛中跳了出来。妈妈一把抓住小胖，破涕为笑，半天不肯放手，“儿呀，没事就好。”

我知道这下可闯下大祸了，回去一定少不了父亲的一顿毒打。可是出乎我的意料，我却因祸得福，晚饭时妈妈还特地为我做了顿好吃的饭菜。打那以后，大人们的口里，便传出了一些吓人的传说。有人看见洞口坐着一个蓬头咧嘴的老怪，又有人看见洞口有一条水桶粗的黑蛇，还有人在深夜上厕所时看见响洞边上，有一颗夜明珠在来回晃动。

人们便七嘴八舌地议论开了，“黑蛇准是条老龙，明珠准是龙珠，还有个老怪守门，真的是来头不小呀。”从此响洞又多了一个名字“龙洞”。

有一年夏天，老天爷近两个月没有下雨，庄稼都旱得不行了，开始有人打起了歪主意，不知从哪儿听来的说法，分头找来一些乌龟、王八，挑上好几担大粪抛进洞里。说是触龙求雨，可接下来几天仍然是大晴天，连个水泡都没有见着。后来人们又纷纷议论开了，也许那条懒龙睡着了或是出了远门，为没有灵验找理由。

又过了一年，因为当时水利设施相当差，那年旱得更厉害。人们又找来了很多乌龟，还特意杀了条狗，挑上好几担大粪又去响洞触龙求雨。

说来也巧，当大伙将所有东西扔进响洞后，突然乌云密布，雷声大作，一场暴雨倾盆而下，有人一高兴竟戴起了粪桶避雨。

人们纷纷奔走相告，从此响洞便真正的成了龙洞。只要一遇上了天旱，不管灵验不灵验，周边村庄的人，便成群结队的带上礼物，来到响洞触龙求雨。

今天一旦遇上天旱，只要一开电闸，水便哗哗地流进了田头地角。人们再也不用费九牛二虎之力去跟老龙翻脸。随着农村人口外出打工和向城镇转移，往日一直受人们器重的响洞也渐渐地被人淡忘和疏远了。

近日，我得到了这样一个好消息，我们这里的商周古铜矿遗址将迎来开放开发的大好机遇。遗址旅游公园正紧锣密鼓建设中。我灵机一动，学着俺长辈，动起歪脑筋，将来也把我们的蝴蝶冲搞成一个旅游点。

我们这里山好、水好、空气好，让远道而来的客人来我们这里走走，看看我们这里翩翩起舞的“花蝴蝶”，还有一个叫得响的龙宫洞。玩一玩扔石头，那石头碰石头发出的叮当叮当响，就像银铃碰银铃一样好听！

老屋的火塘

每到冬天，当我打开取暖器取暖时，我总是不由自主地想起孩童时候住的老屋和老屋角落的那个火塘。早在20世纪五六十年代，那时候每家每户孩子都很多，生活非常拮据，困难人家的孩子，穿一件空心的破棉袄，加一条旧单裤，就可以打发一个寒冬。所以每当秋后，农活再忙父亲也得挤出些时间，备些柴火和树蔸，堆满好大一堆。重阳节一到，父亲就在堂屋角落腾出一块地方，用几块土砖围起一个圈。这就是每年都得围一次的火塘。

一到下雪天，父亲就早早起床，抱上一大堆柴火，把火烧得老高老高的，然后等着我们起床。尽管屋外寒风刺骨，飞雪漫天，可火塘边上暖烘烘的，一张张小脸被烤得通红，我们管它叫仰脸火。冬天火亲，不到半个时辰，火塘边上就围满了人，人们借着火塘一边抽着旱烟，一边唠嗑儿。俺娘是个好客的人，她用瓦壶在火塘上烧些开水，泡上自采的“谷雨前”，让大伙品尝浓浓的茶香。那时候粮食紧缺，吃得非常单调，没有油水。每当下雪天，不便出工的时候，每日三餐就得改为两餐，一到中午，我们的肚子，就饿得咕咕乱叫。母亲总是找来一些爆米，从瓦壶里倒些开水泡上一碗充饥。有时候我们也找来几个生红薯，放到火塘边上慢慢烘烤。别看吃在嘴上像只黑猫，但烧的红薯比啥都香。让人最开心的莫过于水根大叔讲的故事。别看他光棍一条，没念过书，肚子里却有说不完的故事，前五百年、后五百年的事儿，他都知道，只要他一来，娃娃们就嚷开了，“大叔讲个故事吧！”每当这时，水根大叔总是不紧不慢地卖着关子，一会儿叫小胖给他端茶，一会儿又刁难我们帮他抓背挠痒，为了早些能听到他的“孙悟空过十八国”，我们也只好用小手伸进他的破棉袄，去抓他的脏背。水根大叔喜欢逗着我们玩，每当讲到节骨眼，他就故意来个急刹车——“且听下回分解”。弄得我们这些小伙伴，不停地去抓他的胡须，捶他的背。一到深夜，他的故事里总是夹杂一些妖精、老怪、吊死鬼，伸着一尺来长的舌头，吓得我们拼命地往大人怀里乱钻。

老屋的火塘

随着时间的推移，童年时候的老屋和老屋角落的那个火塘渐渐远去，今天乡间那些新盖的楼房，虽然是那样的宽敞，但它却容纳不下挤在角落的那个火塘。每当春节临近，我就想起那除夕夜的火，孩童时候的老屋和老屋角落的那个火塘，那熊熊燃烧的大火，在我们的心中，一直没有熄灭，它熊熊地燃烧着我的希望和美好的憧憬，陪伴我走到今天。

家乡的石磨

我的故乡在赣西北的一个偏僻山区，田少山地多，二十世纪五六十年代，打下的谷子不够半年口粮，因此，生产队见缝插针，将所有刨完红薯的山地都种上冬小麦。当麦子收获的时候，一天三顿的麦糊糊，虽然吃得我们直跺脚，但是总比挨饿强。那时没有磨麦机。在那老堂屋里，堂叔堂伯我们好几家共用一台石磨。听奶奶说是请一位手艺高的石匠师傅打做的，厚厚圆圆的磨盘分上下两扇，中间刻上一道道磨齿，石磨上扇留有一个下麦子的洞眼，侧边装有一个尺把长的木柄，木柄头边留有一个洞眼，套上木手架。木手架上系一根长绳子，绳子另一头系在屋子的楼梁上。整个石磨放在一个木三脚架上，架下用竹筐子接着粉。人手少的时候，一个推磨一个下麦。人手多的时候，一个人下麦，两个人推磨，就这样一推一拉，走一步，退一步，转上几圈，石磨里的麦子就磨成了粉，飘飘洒洒地落在竹筐里。

每逢下雨天，生产队不能出工的时候，或者过节的时候，石磨就没有歇息，整天累得晕头转向。记得有几次，母亲要煮饭时缺了米，她便盛上两升麦子，放到石磨上转转，一大家子的中餐就解决了。磨麦子是力气活，既费劲，又烦人，特别是那些急性子的人，真的很难干得来。我家堂叔干啥都勤快，里里外外总是帮着俺堂婶，但是只要叫他跟堂婶去磨麦，准得要

石磨

开战。每当看到堂叔和堂婶去推磨，我们几个小伙伴便悄悄躲到旁边看热闹，并跟堂婶打了赌。果然不到半个时辰，推磨的堂叔脸色渐渐往下沉，他开始找堂婶的茬了。一会儿埋怨堂婶下的麦子太少，一会儿又埋怨她下得太多，再后来他便开始骂人。最后他扔下磨手走人不干了。要是把他惹急了，他准会从堂婶手里接过麦笸，将麦子撒在地上。老实巴交的堂婶只能朝他干瞪眼，待堂叔走去老远，才敢骂一句，真是头倔牛。这时候，我们一齐跳出来，拍手叫好，“堂婶你又输了。”堂婶奈何不了堂叔，但能揪住我们替她下麦子。

端午节到了，我们这里不但包粽子，而且家家户户蒸白馍。白馍，我们也叫它发粑，意思是说端午节，小孩吃了白发粑，白白胖胖，大人吃了白发粑，发发旺旺。听人说当年奶奶做的白发粑，十里八乡是出了名的，后来她老了，将这手绝活传给了母亲。母亲做的白馍，白得能照见人影。松软松软的，咬上一口，真的让人香在嘴里，甜在心里。每逢端午节，俺家的亲戚，姑姑、姑婆、表婶就成群结队地聚到俺家来，名义是来吃粽子，实际上是怕错过了母亲做的白馍。一个磨子磨出来的粉，堂婶做的馍黑得像牛屎，放在平时还凑合，但逢时过节，人家都懒得瞧一眼，可怜的堂婶就像犯了错，背着人才拿出黑馍咬一口。

多少年过去了，如今每当我品味着那些五花八门的面制美食时，我就情不自禁想起我的老屋和老屋的那个石磨，还有那些发生在石磨旁边让我刻骨铭心的故事。我不会忘记我童年的伙伴，我那已去的父母、堂叔堂婶，还有那些在和不在的亲戚。你们在那遥远的地方，别再碾米、推磨了，辛苦了一辈子好好歇歇吧。如今我的老屋已经倒塌，掩埋了早已被冷落的石磨，它已沦为古物。但是我永远也不会忘记与我相依为命的石磨，是它帮助我在最困难的年代没有挨饥受饿。

石磨已经将过去苦难的岁月永远转过去了，转过来的是一个国家强盛、人民安居乐业的新时代。

家乡的水车

说到水车，你也许会问：“哟，水陆两用的汽车早就有了，是谁觉得无聊，在水上发明什么新鲜玩意儿啦。”然而我这里所说的水车，它少说也有两三千年历史，至 20 世纪八九十年代才全部退役，被抬进历史的博物馆。

在远古的时候，我们的祖先就发明了水车。整个车身纯属木头结构，分手摇和脚踏两种，做工相当精细。水车有长有短，

水车

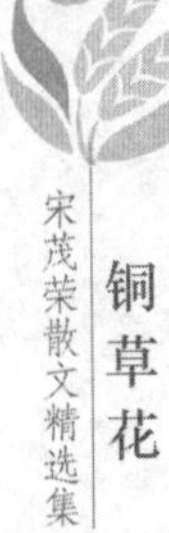

要看自己的需求而定，长的七八米，短的也有四五米，采用刨得非常光滑的木材料，装订成一个长长的水槽。水槽分上下两层，上下层都安装活动的木链条，链条中间，套上一块四方的小木片，人们给木链条和小木片起了个好听的名字——“龙骨”。水车的头部和尾部都装有带齿轮的木轴，当要车水的时候，将水车的尾部放进水里，木轴上套上两个手柄，两个人站立左右，摇动自己的木手柄，水车就启动了。随着龙骨和小木片上下滑动，水就被哗哗地带上来了。脚踏水车结构跟手摇水车相同，只是脚踏水车在车水的时候，两人分坐在左右的大木架上，双脚同时踩动着各自的木齿轮来启动水车，一个手忙一个脚乱。

20世纪五六十年代，那时水利设施差，没有抽水机，只要旱上十天半个月，人们便抬来水车车水，每当这时我总是幸灾乐祸，因为我可以跟着俺堂叔去看车水。车水是力气活，容不得偷懒和掺假，干不上一个时辰，准会让你累得满头大汗。可是每次生产队长派工，总也少不了俺家堂叔，有人还曾送给他一个好听的名字——“水手”。每次跟堂叔去水库，堂叔总是：关照我不要站在水边上，那水库有水猴，它会趁你不注意将你拉下水，吓得我紧紧地挨在堂叔的身边，而堂叔故意找来些话题来逗我说：“山娃，你猜猜，水车里的水是怎么样车上来的呀？”我毫不犹豫地回答：“哟，你们俩一左一右去抽那老龙的筋骨，它还不气得朝你吐口水呀！”想不到我的一句玩笑话，逗得堂叔他俩笑得要抽筋，夸我长大准是编幽默笑话的料。当然让我最开心的是水库里的水快要被车干的时候，一条条小鱼跳出水面翻跟头，可是堂叔他们却愁眉不展，唉声叹气道：“水库的水车干了，田里的稻子要旱死啦。”说来也巧，没过几天，突然下了场透雨。大人们乐得眉开眼笑，只有我不乐意，盼望已久的抓鱼计划又泡汤了。

多少年过去了，我长大以后，没有像堂叔说的那样编什么幽默笑话，也成了一个地地道道的农民。随着科学技术的迅猛发展，如今打开电闸，水便哗哗流进田头地角，我就不由自主地想起童年时代的水车和父辈们在干旱时车水那挥汗如雨的身影。是的，我们只有记住过去，才会倍加珍惜今天的幸福生活。只有尊重历史，才能更好地走向未来。

家乡的打麦场

今天，人们衡量一个村庄的门户，主要去看人家的房子盖得整齐不整齐，祠堂祖屋档次高不高。然而在我们童年，20世纪五六十年代，衡量一个村庄的门户，主要是看你打麦场大不大，说白了，就是注重你那里口粮足不足，肚子饱不饱。

我的家乡在赣西北的偏僻山区，全村百来户人家，田少山地多。生产队见缝插针，将所有刨完红薯的山地都种上小麦，那时没有脱麦机械，麦子收割后，都是靠人们打出来的，这时候打麦场就派上了大用场，“噼噼啪，噼噼啪，大家来打麦子，麦子多麦子好，磨麦做馍馍。”大概就是从那时唱出来的。说是磨面做馍馍，那是过年过节才做的，平时呀，那红薯搅的麦糊糊，吃得我们直跺脚，但是总比挨饿强。

我们村庄的大麦场，位于村子的最前面，足有半里地，说得似乎有些炫耀和夸张，但十里八乡，我们村庄上的大麦场首屈一指。它就像一块金字招牌，给我们带来了荣耀和脸面。麦场西边盖有一个大麦棚，既宽敞又透气。麦子收割后，若十天半个月没有遇上好天气，也用不着干着急。麦场东边一棵合抱大的香樟树，枝繁叶茂，那伸展的枝叶，挡住了半边天，但是大家从来不去动它的一枝一叶。听老人说，那是庄上人丁兴旺的象征。碗口大的树干上，除了挂一个招呼人们出工收工的大铃铛外，生产队的高音喇叭也安装在这里。生产队的大事小事，生产队长只要在大喇叭里发几句话，大家都心里有数。这里也顺理成章地成为我们村的文化政治中心。我们这些小伙伴，就像那香樟树上成群的鸟儿，成天围着大树打转，但是最怕那树上洒落的鸟粪，听大人说要是鸟粪洒落在谁的头上，那就是不吉利，要去讨七姓人家的米，煮饭一顿吃完方才可以避灾。

麦收后的雨过天晴，便是麦场泥土地面滚压的黄金时机，一个重两三百斤的大石磙，装上一个木制的石磙架，再套上一头老黄牛，绕着麦场转。其实滚压麦场也是讲究火候的，场地太湿，石磙上沾泥巴，场地太干又压不结实。每年压滚麦场的任务就成了俺堂叔的拿手美差。别看他牵着老牛哼着小调悠哉悠哉地绕着场子转，到了傍晚，他滚压的麦场，平整得像铜镜，能照见人影。听庄上岁数大的老爷爷说，堂叔曾跟石磙有段特殊的交情，那一年庄上请一位石匠师傅打一个新石磙，当石匠师傅打造完工后，放完喜炮，接过喜钱时，俺家堂叔正巧出生。堂叔的父亲，俺家的老爹，为了讨个吉利，堂叔便和哑巴石磙结拜为“同年”，同月、同日的“真同年”，意思是跟石磙那样好生好养，长命百岁。

麦场滚压以后，香樟树上的高音喇叭里，生产队长用他那半生不熟的普通话重复着：“今天开始打麦子，大家都不要缺工，好天气，抓紧点。”麦场上大家忙碌起来了，挑麦的，铺麦的，紧张而有序。一阵忙碌过后，俺家堂叔又架起了老黄牛拖着大石磙，悠悠荡荡地滚压着铺得厚厚的麦秆。那老黄牛拖石磙发出的吱呀吱呀声，就像是一首催眠曲，只要听到那声音我就想打瞌睡。

晌午时分，麦场开始搅场，全村的娘子军便一起上阵，那些姑娘婆妈们一字排开，手握长长的竹连枷，那一起一落娴熟

的节拍，既整齐又好听。当太阳快要落山的时候，开始收场，收麦草，扫麦粒，扬场，一时间大伙儿争分夺秒，但是看到那滚圆的麦粒和堆得像小山的麦堆，大伙心里美滋滋的，似乎一下子忘记了疲劳。好啊，今年又是一个丰收年！

傍晚，我们这些小伙伴，成群结队地围着麦草堆打转，站在堆得小山一样的麦草堆上往下翻跟头，捉迷藏，在草堆下打草洞，玩起了地道战，钻到草洞里，那真是金丝被盖身上，一觉睡到天大亮。

后来，农村实行了家庭联产承包责任制，人们可以自由种植。大家开始倾向种植油菜，种小麦的渐渐少了，麦场成了一块闲置的空地。就是谁家盖房子，也不会去打麦场的歪主意。只有电影队下乡时，麦场也就自然成了露天电影场。

每年一到夏天的傍晚，那是麦场最热闹的时候。人们吃完晚饭，洗好澡后便纷纷搬来竹床铺板，搭上蚊帐在麦场过夜。

石磙

记得那年发生地震，全村人一齐拥向麦场，在那里度过了一个不眠之夜。

近年来，村里搞起了新农村建设，人们学着城里人的样式，在麦场周边建立了花池，栽上了那些奇花怪草和名贵树木，还安装了健身器材和篮球架。随着农村生活水平的提高，这里又成了小车停放场。

故乡的麦场，就像人一样，尽管不断地更换外衣，但是麦场还叫麦场。有事没事的时候，大伙儿总是喜欢去麦场转转。难怪庄上的人都说，麦场是俺村上的一块金字招牌，我们乡下人的脸面。

故乡的石碾

你吃饭了吗？这句挂在中国人嘴边的问候语，在衣食无忧的今天，渐渐显得过时和老土了。如今人们用餐时，已经不再在乎那香喷喷的白米饭，而是睁大眼睛盯着餐桌上的下饭菜。

然而在我的童年，说句寒酸的话，若能吃上一顿正儿八经的白米饭，真的破天荒了，就连端午和中秋这样的大节日，母亲在煮饭时也忘不了往锅里放几把干薯丝。当时曾流传着这样一首顺口溜：“端午莫望，中秋莫想，白米饭大年三十让你吃个够。”

二十世纪五六十年代，那时种的水稻产量相当低，交完公粮后，一大家子分不了几担谷子，而且那时没有碾米机，每当我向母亲吵着要吃白米饭时，母亲总是沉着脸说：“想吃大米饭，你自己去剥吧，用手去剥谷子！”显然母亲是在逗我，但我也知道，村东的那座碾场要是临近腊月，准会俏得烫手。

石碾场，那是一块直径五米左右，用青石条铺成，中间稍微凸起的大圆场，圆场的边缘是一圈三十厘米的石槽。石槽中间有一个齐人高滚圆的大碾团，用一根横木头支撑着。碾场中间立着一根大木轴，横木头一边套着轴，另一边穿过大碾团，穿过碾团的一边，留有一个两尺多长的木柄。那是供牛拉套绳和供人坐的地方，套上牛一拉，碾团就会沿着石槽一丝不差地团团转，我们管他叫坐碾。

腊月一到，村庄上的人就按着顺序排起了长队。轮到我家的时候，母亲便早早起床，父亲扛起头天用砺子砺过的谷子，均匀地撒在石碾的碾槽里。坐碾是孩子们最开心的美差，当父亲套上那头老黄牛后，我便稳稳当当地坐在木柄上，一扬手中的鞭子，碾团就晃荡晃荡团团转，我们管这叫“坐火车”。山里的孩子没有见过火车，更谈不上坐火车。听大人说，最早发明火车的人，就是按石碾的样式学的呢。石碾转得快慢取决于老牛，老牛就像是火车头。刚上架的时候，当它听到那碾团发出咣当咣当的响声，拉起碾团使劲地飞跑，慢慢地就力不从心了，再后来就像老牛拖破车。每当这时我的瞌睡虫就来了，母亲一边将碾出轨的谷子往碾槽里扫，一边不停地提醒我。于是我扬起手中的鞭子，一边抽打着老牛，一边跟老牛吵架，来为自己解困。太阳偏西的时候，老牛累得口吐白沫，耍赖不走了，

石碾

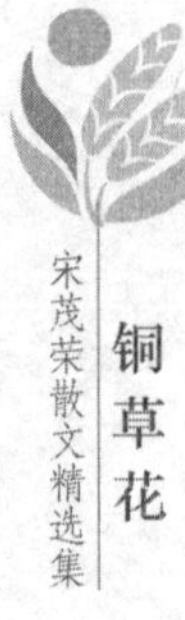

我也转得头晕目眩。尽管碾槽里的谷子，一半是米，一半是谷，母亲也只好让牛卸下架，喂些草料，我也趁机休息一下，吃着母亲送来的薯丝稀饭。饭后我们必须加快脚步，跟时间赛跑，天黑之前如果没有完事，那就惨了。

傍晚时分，碾槽里的谷子终于被碾成了大米。尽管我们已经人困牛乏，但心里有说不出的高兴。因为母亲不知啥时候立下的规矩，每当碾出一场新米，准会给我们兄妹煮顿不放薯丝的白米饭。那石碾碾出的糙米，又甜又香，让我终生难忘！

故乡的碓屋

每当我看到餐桌上那被倒掉的好饭好菜和路边被扔掉的白馍，我的心真的好痛。你知道吗？在我的童年时代，要想吃饱饭都很难，要想吃顿像样的白米饭那是难上加难。那时候生产落后，粮食产量低，没有农业机械化，人们的劳动强度大，打下的稻谷，交完公粮所剩无几，再加上当时根本没有粮食加工机械，人们吃的粮食全靠手工加工出来。当时曾流传着这样一首顺口溜：“要想肚子饱，离不开三件宝，舂米、磨麦和跑碾。”当时人们一年的口粮，大部分以杂粮为主，分到的谷子，除了过春节用碾子碾米外，平时三升五升，都是靠碓舂出来的。故乡的碓屋，早先是有碓没屋，后来人们为了便于雨天舂米，用土砖垒起并盖上茅草，砌了个小屋。后来茅草烂了，往下直掉虫子，人们终于下了狠心，将它改成瓦屋。碓是用一根长木头做成的，头部装有一个石碓嘴，碓的中间套在左右的石轴上。碓的尾部，成一个扁形，供人脚踏的地方。碓槽是一个直径四十厘米左右，深约五十厘米用石头打成的石洞。那是专门供装谷子的地方。人们用脚将碓嘴踏起来再放下去，靠这种石头与石头的碰撞和摩擦来去掉谷壳。每逢下雨天，不能出工的时候，也是碓屋最热闹的时候，婶娘婆嫂聚在一起，你帮我，我帮你，他们一边舂米，一边拉着家常。冬天天冷的时候大家便

故乡的碓屋

找来些树蔸，在碓屋生起一堆大火。小小的碓屋，烟雾弥漫，人们把它比喻成熏猴猪。每逢这时，来碓屋串门的水根大叔是常客，他虽然光棍一条，但他总是笑呵呵的乐于助人。虽然没有进过校门，但他肚子里总有说不完的故事，只要他一进碓屋，大伙准得给他让座，说白了就是巴结他讲故事。每当这时大叔总是卖着关子，也有几个泼辣的婶娘，故意逗着他玩，假装要去扒他的裤子，大叔吓得举手投降。至今我还记得当年大叔讲的关于跟碓有关的故事。相传很久以前，有位秀才先生骑着头瘦马闲逛，看见一位大婶在舂米，顿生戏弄之念。他朝大嫂一笑说："你呀，就像那老母鸡啄米，今天啄，明天啄，一天要啄几千几百几十啄。"大嫂一边舂米一边朝秀才笑笑说："你呀，瘦猴骑毛骡，今天踏，明天踏，你一天要踏几千几百几十踏。”秀才本想戏弄一下大嫂，不想被大嫂戏得无言以对，顿觉脸红脖子粗，恨不得有个地缝钻进去，低头灰溜溜地走了。故事说完后，婶娘嫂妈们乐得直拍手。水根大叔又卖起了关子，要跟大家赌吃饭。最后还是水根大叔赢了，记得那一次，他不要菜一顿吃了三斤米。

每当冬天下雪的时候，成群结队的麻雀便聚到碓屋里来避寒，觅食那些糠皮谷壳。这时，就是我们这些小伙伴捕捉麻雀的黄金时机。我们用一个大竹筐子，找一根木棍撑着撒上谷子，躲到屋外待麻雀进到筐子吃谷。一拉绳子，麻雀就被关进筐子里。我们一根小绳子将麻雀小腿套着，让它飞不掉。要是让大人看见，准会揪住你的耳朵骂，“赶快放掉它，麻雀也是一条命，要是弄死它，有罪的，麻雀也有麻雀鬼。”尽管我们舍不得，但是我们最怕麻雀鬼。

逢年过节，碓屋便俏得烫手，但是大家从来不争不吵，按着顺序排起长队，你帮我，我帮你。中秋节，那用碓舀的粄粑，让你吃得不知道饱。过年的时候就更忙了。再难每家也得做上一箩筐年糕。年关临近，碓屋从来都没有停歇。在夜深人静的时候，舂碓声就像那报更的梆，一声接一声的敲到天亮。

在我的童年，让我刻骨铭心的莫过于“三年困难时期”，没有粮食，人们为了活下去，将挖来的树皮、麻根、干薯藤都放到碓屋里舂成粉来充饥。就是那用碓舂的糠粑，也是最好的东西。当年就是那断断续续的碓声，给人带来一种活下去的力量，就像那报时的更声，它告诉人们，黑夜即将过去，黎明即将到来。

时过境迁，故乡的碓屋早已消失，但是我不会忘记随着我童年一起走过的碓屋，我不会忘记当年在碓屋舂米的一个个熟悉的身影和许许多多说不完的故事。我不会忘记那些在或不在

的婶娘婆妈，还有我那可怜的水根大叔。今天那一声接一声的碓声，仍然在我心中敲响。它告诫我一定要珍惜粮食。在富地温州，我曾听到这样一个真实的故事，有一个资产过亿元的老板，吃饭时看到饭桌上掉的饭粒，便赶紧用手捡起来放进嘴里。在衣食无忧的今天，他的行为或许令人有些费解，但是我们这些过来人能读懂他的缘由。

油榨下

李家庄有个叫得响的别名“油榨下”，因为村庄上有一个很大的油榨坊。李家庄在我们这方圆几十里是出了名的。有人曾说“油榨下富得流油”。这话似乎有点夸张，但是大家都知道，在生产队挣工分那阵子，你三五毛钱一个劳动日，他们准得一块钱。他们油榨下的人并非三头六臂，说白了，那还不是油榨帮了他们的忙。

二十世纪五六十年代，那时候农作物产量低，人们为了填饱肚子，一般都少种当时产量极低的本地油菜籽，而多种冬小麦。一年下来，一大家子也只能分到几斤芝麻油。因此大家都过着以水当油的日子。

15 岁那年，芝麻收获以后的一天，生产队长通知我说：“明天生产队去榨芝麻油，派我去坐碾。”得了这样的好差事，那一夜我乐得几乎没有合眼。听说那炒熟的芝麻馅可香呢，可以让你撑开肚皮吃个够。天刚过五更，我就被大人叫醒来。大伙用一辆大板车拉上芝麻籽，挑上柴火稻草匆匆上路。我牵着老黄牛，在漆黑的夜路上，高一脚、低一脚，跟在大人后面跑。走了七八里的路程，我们一行终于来到油榨下。那是一栋好大的平房。一个满身是油的大家伙，占住了半边房。听大人说，这家伙叫油榨鼓。房子的另一边是一个又大又圆的铁碾场，也

占了好大的地盘。还有那炒籽的锅、蒸籽的灶，真是炒的、碾的、蒸的一应俱全。当班的师傅已经早早地来到了榨坊，等我们来到之后，大伙便分头紧锣密鼓地忙碌起来。

榨油的第一道工序是炒籽。炒籽是讲究火候的，炒糊了影响出油率。炒湿了油又不香，所以炒籽必须由油师傅掌握火候。当芝麻炒好后，可直接进铁碾碎籽。当大人套上那头老黄牛，我便稳稳当当地坐在铁碾位子上。那几个铁磙发出咣当咣当的响，惊得老牛一个劲地跑。坐在碾座上，就像坐火车，那芝麻被碾碎后，扑鼻的香气，真的让我过足了瘾。

当芝麻碾好后，大家便自觉地停下手中的活，大口大口地抢吃那香气扑鼻的芝麻馅。在20世纪五六十年代，你想想那是多么难得的口福。在蒸好芝麻粉后，接着便用铁箍和稻草包装成一个个圆饼，一字排开放进油榨鼓，再用大小不等的木榨桶拼装，采用挤压的方法，由师傅掌舵，五六条大汉一齐上阵，握紧榨杆，哼着号子，朝油榨鼓劈头盖面一顿猛打，那“傻家伙”终于熬不住，出油了。

那光亮光亮的芝麻油，从油榨鼓的嘴角向外流。人们用铁桶小心地接油，生怕漏掉一滴。中午在油榨坊开饭的时候，我们终于破天荒地吃上了一顿油当水的好饭菜。

傍晚时分，我们终于顺利地完工，挑上了香喷喷的芝麻油打道回府。村头上，只见一大帮子婶娘婆妈，一个个手里拎只空油瓶，早早地等候在那里。你想想，一大家子，一年也分不到几斤油，也许他们家里早已断了油星。

小时候，母亲在炒菜时，油盅里总也少不了一个萝卜头。炒菜前，用萝卜头沾一点油星星，再往锅里转一圈，算是给菜下了油，吃得我们兄妹头发直发黄。

斗转星移，随着农村家庭联产承包责任制的落实，人们的生活就像芝麻开花节节高。今天人们再也用不着为肚子而发愁，大伙已经由种植冬小麦改种高产油菜籽。有的人家一年要产菜籽好几千斤，有些人家光榨油，一年要榨上一两百斤。李家庄“油榨下”的人们，因为有榨油的老传统，照样开起了油榨坊。但是他们已经不用早年的老榨法，那老牛拖破车已经跟不上时代的步伐。他们花钱购进了新机器，炒的、碾的、榨的全场自动化，一天可榨两万斤。每当油菜籽收获后，那装满油菜籽的大车、小车在油榨下排起了长队。每当我看到这样的情景，心里有说不出的感慨，心酸和兴奋一齐涌上心头。

仙姑台山的故事

1938年，彭泽马当失守后，国民党军队潮水般向后方溃退。村庄上，那些惊慌失措的人们纷纷扶老携幼离家逃难。庄子上空荡荡的，显得异常死寂和冷清。一到晚上，一片漆黑，偶尔传来一两声狗叫，让人感到格外的恐惧和不安。

然而南阳河之滨的仙姑台山的顶峰，松涛阵阵，细雨绵绵，一支百来号人，不知道番号的队伍，没有随他们的队伍向后方

仙姑台山

撤退，而是在仙姑台山上安营扎寨，挖战壕，修工事，紧锣密鼓地忙碌着。原来他们是要借着仙姑台山居高临下的地势，同鬼子打一场鱼死网破的阻击战。

山上静悄悄的，偶尔传来一两声鸟叫，一颗颗激动的心在跳动，一双双愤怒的眼睛注视着公路上的一举一动，黑洞洞的枪口静静地等待着。日本鬼子在飞机和坦克的掩护下，一路烧杀抢掠晃着“膏药旗”耀武扬威、大摇大摆地沿着公路朝着湖北方向进犯。当鬼子终于进入到阻击圈时，“打，给我狠狠地打”，随着中国军人指挥官的一声令下，喊声、杀声，愤怒的子弹雨点般在敌群中开了花。鬼子兵被这突如其来的伏击打乱了阵脚，哭爹喊妈的乱作一团，一时间，不可一世的武士道精神也不知道溜到哪里去了。好一阵子才缓过神来的鬼子军官叽里咕噜地鬼叫一阵之后，双手握住长长的指挥刀，逼着鬼子兵向山上还击。“打，狠狠地打”，愤怒的叫喊声夹着密集的子弹铺天盖地地打下来，只见几个日本兵身子一歪，倒在地上不动弹了，鬼子被迫败下阵来。鬼子接二连三地攻山，不但没有得逞，反而付出了血的代价。此时夜幕降临，激战仍在进行，子弹射出的红光划破黑夜，把天空映得通红。仙姑台山的勇士们像一块坚硬的骨头卡在鬼子的咽喉，让他们上不来，也下不去。

也不知道哪个狼心狗肺的卖国汉奸告了密，鬼子兵重新调整了进攻路线。他们绕到了铜岭，鬼头鬼脑地从山背偷袭下来，瞬间一场惊心动魄的肉搏战开始了。喊声、杀声，响彻了整个山谷，勇士们的鲜血染红了仙姑台山的山山岭岭，一草一木。终因寡不敌众，这支不知道番号的队伍全军覆没了，永远躺在仙姑台山的顶峰。鬼子军官来到阵前，察看那些横七竖八的日本兵和中国军人，当看到中国军人指挥官是位女性时，不敢相信自己的眼睛。他没有狂欢，只是默默地低下了头。

随着时间的推移，当年发生在夏畈镇仙姑台山那惊心动魄的一幕渐渐远去，但当年战斗在仙姑台山的勇士，不屈不挠、保家卫国、血洒疆场的中国人的骨气，爱国主义的忠魂永远也不会消散，世代流传。这个充满传奇的故事和那位传奇的女豪杰的胆识和勇敢，就像那仙姑台山上的仙女一样，让世人敬仰，千古流芳。

一对金鸡的传说

相传很久很久以前，与江西瑞昌毗邻的湖北阳新境内，有一个美丽富饶的湖泊，湖边群山环绕，湖水碧波荡漾，湖中荷花飘香，美不胜收，恰如人间仙境一般，成群结队的大雁纷纷落户湖中，因此得名雁落湖。雁落湖美丽的湖光山色，连天上的仙女也感叹不已。她们有时瞒着玉帝，带上一对金鸡作为护卫，偷闲下凡，借着荷花，翩翩起舞，尽享人间欢乐。

忽一日，正当仙女玩得高兴，一对金鸡来报，“天空出现异常”，仙女仰望天象，大叫不好，“此地有难。山洪暴发，长江码头将要决口。”她恐随身携带的金鸡有失，急忙将金鸡罩至湖边的一座高山中，故此山名鸡笼山。罩在鸡笼里的一对金鸡虽然听到仙女所说，但有些将信将疑。金鸡从鸡笼里探头向外张望，只见湖中大雁各个惊惶逃离，方才确信仙女所说属实。一对金鸡在笼中万分焦急。事不宜迟，一定要飞往码头，去为百姓通风报信，迅速向高处转移。主意已定，一对金鸡使尽招数打翻了鸡笼，从笼中逃脱，朝瑞昌码头飞去，飞至黄金乡，到了山岭方才歇脚。后来此山得名金鸡岭。慌乱之中，仙女发现一对金鸡从笼中逃脱，不知去向，她害怕金鸡泄露天机，忙从身上掏出一对明珠，放到嘴上一吹，瞬间变出十八位罗汉。她责令十八罗汉拿下金鸡。十八罗汉穷追猛赶也没能够追上金

鸡，追至夏畈北山脚下一村庄时，无奈之下，便施出招数。此时大地一片漆黑，使得一对金鸡失散。后来此村名为失鸡冲。黑暗之中，金鸡报信心切，他们抖开金翅，终于破解了罗汉的招数。此时，天已经大亮，一对金鸡终于在隔壁村庄会合。后此村得名为同鸡冲。一对金鸡冲破了罗汉的追赶和阻拦，终于临近码头，它们放开金喉高声呼喊："乡亲们，这里山洪将要暴发，码头江岸要决口，快快逃离，向高处转移吧。"临江百姓得到金鸡的及时报信避免了一场劫难。一对金鸡知道自己泄露天机，罪不可恕，便一头钻进一座山林，不知去向。后来人们为了纪念金鸡的厚德，此山更名为鸡家山。鸡笼山、金鸡岭、失鸡冲、同鸡冲、鸡家山、十八罗汉、一对金鸡的传说故事流传至今，传为佳话。

记龙湾区、元庄社区、屿田村免费供茶点

初来温州，你会感觉到这儿的车跑得很快，走路的行人步伐匆匆，给人一种忙碌的感觉。温州人和在温州打工的外地人都很忙，他们忙于干事业，忙于去赚钱。然而在温州大道屿田桥头的一棵大树底下，一幅红色的横幅“元庄社区屿田村免费供茶点”格外醒目。树荫下架起的大木架上，整齐地摆放着凉茶和放有十滴水等防暑降温药的热茶。两位大爷满脸堆笑，忙

供茶点

前忙后，招呼着过路的行人，“大热天的，喝杯茶，歇歇脚。”从这里路过的行人，放慢脚步，大方走进凉棚。有拉着三轮车的环卫工人，有戴着眼镜的学生，有戴着安全帽看上去像是在建筑工地上干活的民工。他们有的三三两两，有的成群结队，坐在茶亭的条凳上，慢慢地品着香茶，给人一种忙里偷闲的感觉，甚至有些开着豪车的人，也停下车来，拿出自己的茶杯，装上满满的一杯带走。也许他们车里不缺茶水，但这里的茶水有它特殊的滋味。临别时一句关照的话语，一声发自内心的谢谢，陪伴着甜甜的微笑。

小小的免费供茶点，带给人们的是盛夏的凉爽，冬日的暖意，是这座城市的一道亮丽的风景，让爱在这里萌发，让爱在这里传递。我只想说：“温州真好，温州人真好！”

妻子的唠叨

我的妻子什么都好，让我头痛的是，她有一个爱唠叨的毛病。她唠叨的内容很丰富，大到家里的正经事儿，小到一些生活上的鸡毛蒜皮，当然主要针对的对象是我。说心里话，她的唠叨多数是对我的体贴和关照，但也少不了一些对我的数落和抱怨。听她的唠叨，让人有五味杂陈的感觉。无奈之下，我只好装傻，一个劲地保持沉默。

每当我要出门办事的时候，她准得把我叫到她跟前，强迫我换上新衣、新鞋、新帽，然后帮我拉拉衣领，扶正帽檐，东瞧瞧，西看看，仍然不能完事。只见她找来一把小剪子，细心地帮我修剪胡须。这不，她的唠叨又来了，“在家放牛，出门放马，破衣烂衫的会让人瞧不起的，远重衣衫，近重人，祖上传下来的。”瞧她那一本正经的样子！为了缓和气氛，我冲她一笑说：“你把我打扮得这样帅气，就不担心让外面的女人盯上我？”妻子乐了，“好事呗，能让人看得上眼，说明俺家的男人不赖呀。”

要出发了，我非常清楚，妻子的唠叨又要开始了，而且声音显得格外高亢。“骑车要慢点，靠边走，要多长点记性，不要贪酒，完事了早点回家。”短短几句话，到她这里变成了长篇大论。实在听烦的时候，我真恨不得给自己戴上耳塞。她目送我一路远去，我向她招手示意，心里说：“放心吧！我又不

是三岁小孩，何必劳你这样牵肠挂肚。”回头望去，妻子的唠叨仍在继续。

儿子儿媳在城里安了家，我和妻子因留恋田园生活住在乡下。春节过后，妻子自作主张，她想趁身体还吃得消外出打工，多攒点养老钱。她向我征求意见。我虽说有些依依不舍，心里却暗自高兴，妻子的唠叨不在耳边回响，也该轮到我享受一下清静的日子了。妻子要出远门，我心里清楚，她的好戏又要上场了。厨房里，那些柴米油盐一档子事儿，她是手把手一一指点。房间里，冬衣、夏衣、鞋袜之类那是吩咐得明明白白。田地里该收该种的那是教了一遍又一遍，就像是一位教师苦口婆心地给她的学生授课。我虽然不停地点头应允，脑袋里却一片空白。然而在后来的日子里，还真是让我吃尽了苦头，丢三落四的啥也不会，啥也找不着。无奈之下，我对天长叹，“家有贤妻要珍惜呀！”

在妻子出门的日子里，我要正儿八经地享受这难得的清静了。然而令我意想不到的是，我就像是一只飘在半空的风筝着不了地，脑子空洞洞的，整天打不起精神，吃饭也不香，觉也睡不好，身体一天天消瘦。思前想后，我似乎悟出了一个道理。我生活的每一天，都是妻子的唠叨在为我保驾护航。我向妻子提出请求，每天我们都用手机短信说话。在后来的日子里，每天收到妻子的短信，哪怕是她的唠叨，我都非常激动，她的每一句话，每一个字，都是那样柔柔甜甜的。

老房子

时间是个奇怪的东西，有时会使人淡忘一些记忆，有时又会使人铭记一些东西。外出务工二十多年，家乡的风景逐渐从我的记忆中淡去。我生于斯，长于斯，看到夕阳下的老房子不由感叹，岁月无情。历经风雨沧桑，老房子已成残垣断壁，往日充满欢声笑语的老房子，如今已人去屋空，冷冷清清，满院荒草萋萋，再也看不到那家家户户炊烟升起的景象。只有大门口那屹立不倒的门框石墩，在无声地传递着老房子当时的境况。

家乡的老房子，那承载了我童年和少年酸甜苦辣的老房子，记载着我简单而又快乐生活的老房子，将是我人生中永远不老的记忆。即使有三千笔墨也难诉尽我对家乡的热爱。

虽然老房子随着时间老了，但永远不变的是家！

（本文作者系宋茂荣之子宋干）

| 代后记 |

幸福的苦难

当我打算将自己三年打工期间写的文稿结集出书的时候，我问自己：“这是真的吗？”

记得小时候，在那个没有温饱的年代，我的那些同龄小伙伴，哪个不是整天围着灶台转，而我却阴差阳错地爱上了读书，并且信心十足地同我的那些小伙伴们打赌，长大后要做一名教书先生。然而当我读完小学，我的学习优秀，但我的家境，我的出身告诉我，我已经失去了读书的资格。

辍学给我带来的伤痛，真是难以言表。在很长一段时间里，我几乎每天以泪洗面，面对这突如其来的苦难，我一时手足无措。当我慢慢冷静下来，面对眼前的现实，我没有理由选择回避，而应该考虑积极地去面对。当我从失落和迷茫中站起来，我一咬牙戒掉了书瘾。从半劳力开始，我有责任帮助父亲挣工分，让家庭走出困境。我只能认命，我不是先生，而是农民，就这样老老实实与土地打了一辈子交道。

人生虽说短暂，但经历过饥饿的人会格外懂得节俭，经历过战争的人会更加珍惜来之不易的和平，经历过病痛折磨的人会倍感健康的重要。当我被失落、彷徨、煎熬、磨难困扰的时候，我终于选择了自救。当我从失落到自信，苦难到幸福，经历无数次较量后，我庆幸自己没有倒下，仍然站着，我很兴奋，很自豪，很感慨，甚至庆幸自己体会到一种成功的喜悦。我认为苦难与幸福是一对分不开的孪生兄弟。我想用自己的经历告诉世人，没有苦难就不会历练出幸福，就没有从苦难到幸福那许许多多的故事，于是我便得到了释放，也就萌发了创作的想法。

一位老农能够从自己那长满老茧的双手，腾出一只手来去做旁人看来不可理喻的事情，我觉得这是我人生莫大的荣幸。当我为自己开办扫盲班的时候，当我写干了一管又一管墨汁、写完了一筐又一筐稿纸的时候，当我长期熬夜累得疲惫不堪，神情憔悴的时候，当我遭到别人冷嘲热讽的时候，我没有选择放弃，没有畏缩，没有半途而废。是苦难历练了我的个性，是苦难造就了我的人品，是苦难培养了我的感情。我感谢上苍，留给了我不少的苦难，也送给了我许多许多的幸福。